L'ENCRE À L'AMER

Troubles « Dys » dans les années 50

VERSION AUGMENTEE D' UN

P.S.

RÉCIT

BAUDOING - SAVOIS

TABLE DES MATIÈRES

*   *
*

À mon frère aimé, sans qui rien ne serait arrivé.

AVANT PROPOS

Ce récit ne fut destiné qu'à mon usage, pour me permettre de poser tous les DYS, l'ADTH, qui ralentirent ma vie.

Puis l'idée me vint de le faire lire à mes enfants, petits enfants, proches, pour compléter le récit que j'avais fait éditer sous le titre de : Souvenirs d'une Dent.

J'aimerais que mon récit puisse aider, accompagner, réconforter, celles et ceux qui le liront, peut être, se reconnaîtront ils.

Pour mes descendants, je veux bien servir de bouc émissaire, celui qui, « contamina » la famille, comme en ce moment ce convoyeur de CREIL pour le Covid 19.

J'ai un grand avantage sur ce fléau, je ne tue personne !!

Ce récit ne marque pas une fin de vie, mais bien au contraire   le début d'un nouveau départ, radieux, où la confiance en moi augmente un peu plus chaque jour.

Si une seule personne surmonte ses DYS, après avoir parcouru ce récit, je serai le plus heureux des hommes.

Demain me trouvera, apaisé, serein, confiant .

Un matin en Chartreuse :

« *Ce n'est pas possible de faire autant de fautes...* »

Robert

EN BLOUSE NOIRE PRESQU'AU CENTRE

HANDICAPÉ ?

Handicap :

Limitation des possibilités d'un individu avec son environnement débouchant sur des difficultés de tous ordres, psychologiques, sociales ou physiques.

Un classement international existe, distinguant trois grands types de handicaps :

- o Physique
- o Sensoriel
- o Mental.

Je m'interroge pour savoir où me situer dans cette liste.

J'élimine « Physique ». Un simple coup d'œil me rassure. Je suis normalement constitué, je possède tous mes membres, ne souffre d'aucune déformation ou malformation, visibles ou internes.

Reste le « Mental » ou l'intellectuel. La question qui me vient à l'esprit est de suite risible : Suis-je apte à déterminer mon éventuel handicap mental ? En ai -je les capacités ? N'aurais-je pas la tentation, le désir conscient ou non de me définir moins handicapé que je ne suis réellement par le fait même que je ne suis pas totalement handicapé ?

Qui s'avère assez fou pour avouer « je suis fou » ? Il me semble que tout un chacun niera farouchement son handicap, un peu comme la personne atteinte des premiers symptômes de la maladie d'Alzheimer. La réponse, l'excuse classique, « je voulais me rendre compte si tu suivais ».

Je consulte la liste des divers handicaps pouvant se rapporter à mon cas. J'en dénombre 111. C'est beaucoup ! Je commence par la première :

Ai-je moins de 70 de QI ?

L'angoisse me gagne, je consulte, je lis, je m'interroge.

Ai-je un retard mental ? Aurai-je quelques antécédents familiaux ?

Je découvre de troublants noms, des sigles inquiétants, des noms de handicaps.

I.C.V, I.R.P, I.M.T, ANGELMAN, PRADER...

Serai-je incurable ? Je ne ris pas pour un rien, d'ailleurs je souris très peu, n'ai aucun rictus, grimace tic ou autres signes extérieurs de débilité. Suis-je normal pour autant ? Ne suis-je pas assez doué pour simuler ? Éluder les questionnements ?

Dois-je en déduire pour autant que mon QI se situe entre 90 et 101, hors des chiffres de la débilité ?

Alors, je pose mon diagnostic, je souffrirais d'ORTHOGRAPHITE AIGUË, encore que j'ai l'impression d'avoir posé le tréma sur le U ! mathématiquement, cela représente une chance sur deux !

Je m'imagine appartenir à une catégorie rare en ce pays de France, or je consulte une fois encore cette satanée invention que l'on nomme « le net », et je découvre, surpris, que des personnes bien sous tous rapports seraient impactées par ce handicap !

Je découvre avec, étonnement et stupéfaction qu'une institution, un monument de notre patrimoine abriterait, en son sein, des malades atteints d'orthographite aiguë. Oui le MONDE n'échappe pas à ce « malheur » que je considère comme une « attaque » virale, une attaque GRAVE.
Ma modestie dut-elle en souffrir, la mienne, de maladie correspond à mon image ; simple, ordinaire courante, et si je néglige quelques accords, et me montre négligent avec l'accentuation, ma prose n'atteint que très peu de lecteurs.

Petit aparté : Selon une étude de chercheurs de l'Université du Michigan, les personnes qui relèvent les fautes d'orthographe sont plus désagréables, et moins épanouis, et , pas forcément plus intelligents.
Les personnes plus tolérantes..s'intéresseront d'avantage au SUJET, dans son fond que dans sa forme et feront abstraction des fautes d'orthographes.
Le microcosme francilien échappera à la contagion si éventuellement le gène s'avérerait incapable de contaminer les uns et les autres.
De savoir que je ne suis pas le seul à souffrir de cet état d'orthographite aiguë, me rassure, et je tente de comprendre depuis quand j'abrite cette bactérie, ce virus.
Le virus dépend entièrement de la cellule qu'il investit, et tient sa force de son insensibilité aux antibiotiques, alors que la bactérie se trouve dans notre corps où elle a des fonctions utiles, telle que la digestion, par exemple.

Je peux conclure que je suis atteint par un virus qui résiste aux antibiotiques, Littré, Larousse, Robert, BLED, Bescherelle, etc.

La dernière de mes interrogations sur le sujet concerne l'hérédité. Est-ce transmissible, et si oui, comment ?

Je serais tenté de répondre « non », mais la dyslexie, la dysorthographie, influent sur la maladie, puisque l'inversion de lettres au sein d'un mot vous vaut les foudres du correcteur, puisque le sens ainsi que son orthographe s'avèrent totalement ou partiellement erroné.

Je soupçonne pourtant que la dyslexie se transmette, puisque ma propre mère en souffrit toute sa vie.

Elle perdit son emploi de lingère en inversant les chiffres des numéros servant à identifier les affaires personnelles des résidents de l'établissement où elle travaillait. Ainsi, le 85 se retrouva avec une partie de son linge estampillé 58.

Une autre conséquence étant l'incapacité à coordonner le geste de la main et la parole. Affirmer, par exemple, au chauffeur de prendre à droite alors que la main indique la gauche ! d'où des freinages

surprenants et dangereux pour les voitures qui suivaient, et propres à troubler l'ambiance à l'intérieur du véhicule.

La conclusion ; notre mère ne passa jamais son permis de conduire et en souffrit dans son amour -propre. Lorsqu'elle se retrouva veuve et encore physiquement apte à pouvoir conduire, sa vie s'en trouva perturbée. Elle dut demander de l'aide pour se rendre chez son médecin chez son ophtalmologue....

Une autre caractéristique de sa « maladie » était de commencer la lecture de son journal par la fin.

Je la revois assise dans son fauteuil en rotin sur le balcon, le Nice-Matin posé, fermé et tourner les pages de gauche à droite!

Je souffre, moi aussi, de ce trouble qui consiste à inverser les chiffres, ce qui est particulièrement gênant pour entrer les codes de son ordinateur, pour consulter ses documents, son compte en banque, retirer de l'argent… Je me suis retrouvé quelquefois à devoir me rendre jusqu'au guichet de ma banque pour avoir taper trois fois de suite un code erroné ! Amusant, désopilant, surtout les fins de semaine et les soirs de grand pont !...

Pour les mots, je pratique de la même façon, je saute des syllabes, mes doigts sur le clavier ne tapent pas aussi vite que mon cerveau élabore le texte, et le décalage se produit. Ma main écrit la première syllabe, quand le cerveau attaque la troisième, le résultat je vous le laisse dener… heu, pardon, de*vi*ner !

La dysorthographie. Voici un terme que je découvre très tardivement. Je me demande si on connaît ce symptôme dans les années 50, 60. Pour ma part, je découvre le terme et le trouble après le passage à l'an deux mille, c'est-à-dire tardivement !

Lorsque me vient l'idée de me raconter, je me remémore mes premières années à l'école.

Je vais cumuler les problèmes, découvrir qu'outre ma scolarisation, j'ai raté mon apprentissage social ; ma capacité à me sentir à l'aise en société avec les autres.

Enfin, je souffre également comme de très nombreuses personnes de timidité, je suis également - hélas ? - foncièrement gentil et spontané, sans omettre que je suis atteint de l'esprit de l'escalier !

Pendant plus d'un demi-siècle je vais traverser les années du mieux possible, alternant des périodes euphoriques et tristes. Heureusement, je n'ai pas souvent conscience de mon infirmité, et comme la plupart des timides je suis toujours volontaire pour être au-devant de la scène ou me porter volontaire pour de nombreuses activités… pour le regretter aussitôt !

Aujourd'hui, j'ose écrire, décrire ces longues années, mes peines, mes échecs, mes renoncements, atténuer quelques-uns des propos, rectifier, supprimer mes accusations, ou du moins les nuancer, et prendre ma part de responsabilité.

Restera le temps de tirer le bilan de trois quarts de siècle traversés entre moments d'espérance et d'euphorie et moments de lassitude et de renoncement.

Il me reste, présentes à l'esprit dans un petit coin de ma mémoire, deux réflexions qui me furent adressées :

« *Tu ne me surprendras jamais, mais tu m'étonneras toujours.* » et la seconde :

« *Plus brillant que tenace.* »

Voici, donc, le récit de mes souvenirs scolaires.

En tapant ce mot « souvenir » me revient une interrogation récurrente : pourquoi n'ai-je pas de souvenir avant mes cinq ou six ans – alors que j'ai entendu récemment à la radio une pianiste évoquer un souvenir d'un concert lorsqu'elle avait deux ans. Lorsque certains de mes cousins évoquent des souvenirs alors qu'ils n'avaient pas plus de trois ans, je déprime, je ferme les yeux pour qu'ils ne me trahissent pas, je pince les lèvres, et je garde mes mains immobiles.

J'ai envie de crier « Boris ! » - petit père, je me permets cette familiarité pour avoir entendu sur une radio Boris Cyrulnik, lui-même, parler de voile et dire qu'avec ses enfants il déclamait les dialogues d'Audiard, dans les tontons flingueurs -, pourquoi les miens sont-ils si tardifs ??

Je me demande souvent si le fait d'avoir vu et revu des photos de la petite enfance commentées par des adultes ne forge pas plus solidement les souvenirs, alors que la mémoire seule et sans support de souvenirs ne se suffit pas à elle -même. Peut-être aussi que pour certaines personnes comme moi, les souvenirs sont tout simplement effacés, trop lointains, trop inconsistants, sans valeur intrinsèque.

Je souris en pensant à cette affirmation qui voudrait qu'au moment de sa mort nous revoyions défiler toute notre vie. Si cela est vrai, je souhaite, ne pratiquant pas l'art de la sténo, avoir le matériel pour enregistrer et transmettre toute mon enfance, mes souvenirs...

En pensant à cette facilité de transmission, j'aurais presque hâte de mourir !

LES PETITES ROCHES

Pourquoi et comment suis-je arrivé dans ce coin perdu, ce petit monde clos, replié sur lui-même, avec ses us et coutumes ?

Si j'en crois ce qui me fut raconté, en 1943, un père et un oncle, aidés de deux autres personnes font sauter le polygone à Grenoble. Une nuit de novembre 43, le 14 novembre, quatre résistants, dont Aimé REQUET, un autre brave ADRIEN ? ainsi que notre père Lucien, notre oncle Roger font partir en fumée deux cents tonnes d'explosifs et de munitions au nez et à la barbe des soldats Allemands.

De terribles répressions s'en suivirent.

Jusqu'à aujourd'hui je n'ai pas eu la possibilité de vérifier ces faits, malgré quelques bouteilles envoyées à la mer avec des messages. Je plaide coupable. Qu'ai-je fait pendant plus d'un demi-siècle ? N'est-il pas un peu tard pour se réveiller ?

Non, et je persiste, je procrastine, je me perds, je m'égare, je reviens, j'abandonne, pour revenir une fois encore. Je suis fait ainsi.

Nos parents qui vivent et travaillent à Grenoble se retrouvent en danger. Notre mère est avertie que les Allemands arrivent et selon elle, elle n'a que le temps de prendre mon frère sous le bras pour s'enfuir et aller se réfugier sur le plateau des Petites Roches.

Elle gardera envers Roger, son beau-frère, une immense rancune.

Notre père a passé plusieurs mois de sa vie en sanatorium pour une tuberculose dont il fut guéri.

Ils vivront les dernières années de la guerre, cachés sur le plateau, puis y resteront après la guerre, vivant de diverses activités de notre père.

Serviable, toujours disponible, il trouvera la mort dans un tragique accident de la route en aidant le tenancier d'un bistrot à redescendent des fûts vides vers La Terrasse.

Le chauffeur perdit la maîtrise du véhicule qui bascula dans le précipice. Les deux occupants sont tués sur le coup…

Mon frère a quatre ans à la mort de notre père qui aura le temps de lui apprendre à lire. De profession typographe, il avait de solides connaissances en orthographe, et sa patience fit que mon frère sut lire et peut-être même écrire avant de rentrer à l'école à l'âge de cinq ans.

Moi, j'ai deux ans et aucun souvenir de notre père.

Suivra un placement douloureux chez une "nourrice" dont nous serons retirés par notre tante, une sœur de notre mère.

Ensuite, notre mère se remariera avec un homme qui avait connu notre père. Il avait, lui aussi, été hospitalisé pour une tuberculose qui lui coûtera un pneumothorax.

Ensuite mon frère sera "en pension" chez une tante à Grenoble, où il resta quelques années en compagnie de sa cousine.

Il sera scolarisé à l'école primaire et sautera une classe sachant déjà lire. Il gardera cette avance jusqu'au bachot.

Quant à moi, je vais me retrouver seul avec mon beau-père et ma mère.

J'ai quatre ans au moment de leur mariage.

Qu'il me soit possible, une fois encore, de dire toute mon admiration pour cet homme généreux, que j'ai toujours appelé Papa.

Pourquoi suis-je envoyé dans une école privée ? Je me

le demande. Je n'ai pas de copains car je ne vais pas à

l'école avec les enfants de mon âge. Il me reste

quelques vagues souvenirs de ma première année

d'école.

MA PREMIÈRE RENTRÉE

Pourquoi ne me conduit -on pas à l'école publique, laïque comme tous les autres enfants qui vivent ici dans ce petit village de moyenne montagne ?

Pour ma première rentrée, je suis conduit à une école privée qui se trouve à une bonne demi-heure de marche de la maison. Par beau temps, le trajet s'avère agréable, champêtre, mais à un peu plus de mille mètres d'altitude les mauvais jours sont nombreux. Il y a souvent de la pluie, du brouillard et de la neige. Le réchauffement climatique ne se trouve pas en une du journal local, le Dauphiné libéré !

Dans ce petit village adossé à la vertigineuse falaise de huit cents mètres, d'à pic, l'hiver commence tôt.

Au sommet, à 2062 mètres de ce second sommet de la chartreuse, tu domines la vallée de Grésivaudan. Si l'aventure te tente, tu peux visiter le trou du Glaz. Au Nord, tu aperçois le Mont Blanc, perdu au milieu des autres sommets.

Fin novembre, les premiers flocons tombent, restent quelques jours puis disparaissent, mais à la mi-décembre un superbe manteau blanc recouvre le parcours, adoucit le relief, gomme les escarpements, les fossés, et malheur au premier passant qui devra tracer le chemin tout en remplissant ses chaussures de neige.

Pendant les mois de janvier et février les températures flirtent avec le zéro les jours de soleil pour descendre bas la nuit, jusqu'à moins dix régulièrement, sauf en 56, où le mercure se figea à -20°C !

Tout s'arrêta, transports, cars scolaires, train, autorails, voiture des particuliers, le gas-oil gelait dans les réservoirs à cause de la paraffine.

Durant une année, j'ai parcouru matin et soir ce trajet une partie sur la route et deux passages dans les champs ou sur un chemin de terre.

Je n'ai pas trop de souvenirs de la répétition du parcours ni de l'habitude de ces trajets. Je me souviens seulement d'un ou deux trajets pour des raisons particulières et marquantes.

La salle de classe se trouvait à l'étage d'une maison occupée par un couple et leur fille.

Il y avait une grande table, quelques chaises et je me souviens du guéridon et du premier calembour que j'ai entendu mais pas compris immédiatement. Vous vous doutez de ce classique : « Puisque tu es gai ris donc ! »

Cette pièce était relativement sombre par le manque de grandes baies vitrées. Il n'y avait qu'une fenêtre étroite qui ne laissait passer que peu de clarté.

La préoccupation, à cette altitude, est de conserver le plus de chaleur possible. L'isolation n'est pas la préoccupation du moment. Le plan Marshall, le manque des objets de première nécessité occupe davantage les habitants que le confort.

Le mobilier de couleur foncée renforce l'impression d'obscurité obligeant en permanence l'éclairage d'un lustre dans la pièce.

La lampe diffusait une pâle couleur jaunâtre triste et insuffisante pour nos yeux.

Les ampoules fonctionnaient en 120 volts et ne dépassaient pas les 60 watts, dispensant une maigre lueur. Il faisait aussi triste dedans que dehors dès l'automne.

Combien étions-nous ? Cinq, peut-être six, maximum.

Mon premier souvenir est LA dictée. Incontournable, obligatoire, immuable, terrible pour moi du CP à la troisième. Dix années abominables !
Ma première dictée se solda par plusieurs fautes. J'avais déjà des problèmes d'audition et de confusion entre les GU et les QU, les pe et les be, sans oublier les mots omis.

Pour réciter l'alphabet, il fallait prononcer, a, be, ce de, e, fe, ge, etc…

Je ne savais pas encore que j'allais devoir courber l'échine, baisser la tête lors de la remise et de la correction des dictées, sur le cahier du jour et plus tard les compositions.
Je découvre ma difficulté à écrire sur la ligne et pas en dessus ou au-dessous. Et les plumes, l'encre, les doigts tachés, les buvards, les catastrophes tout au long de ma scolarité.

De cette première année, c'est le seul souvenir de devoir qu'il me reste. Je pense que d'autres disciplines me furent inculquées, et pourtant l'encéphalogramme reste plat.

L'autre souvenir que j'ai, plus cuisant, est celui d'un retour en plein hiver. La nuit tombait rapidement, à cinq heures il fait presque nuit.

Avec mon camarade qui habitait dans la même montée que moi, nous avons effectué sur nos fesses et sur nos cartables maintes

et maintes glissades sur l'escalier qui menait d'une place devant les cuisines du sanatorium des Mines au chemin de terre rejoignant la route qui passait devant un autre sanatorium celui du Rhône.

La neige abondante ornait la rampe et formait des arrondis sur les marches. Ceux qui avaient emprunté le **passage avant** nous rendirent la neige dure et glissante, et esquissèrent un début de piste de luge.

Nous jouions, et jouions sans nous rendre compte du temps qui passait et de la nuit qui tombait.

Soudain ma mère débarqua telle une furie, affolée de ne pas me voir rentrer, elle m'asséna une solide paire de claques sur la figure et mes petites jambes souffrirent pour suivre son rythme effréné. Je fus plus tiré que je ne marchais.

Le dernier souvenir de cette année concerne les ruches. Le mari de cette institutrice possédait des abeilles. Un jour, j'ai assisté avec mes autres camarades d'écoles à la capture d'un essaim dans le cerisier, avec un appareil pour enfumer les abeilles et de sa mise en place dans la ruche. J'ai aussi découvert les cadres et l'opercule de cire qui retenait le miel en emplissant les alvéoles.

J'ai mangé avec plaisir un peu du gâteau de cire et adoré le miel.

Je ne saurais dire si j'ai passé une ou deux années dans cette école –.

À la rentrée suivante, je me suis retrouvé dans une nouvelle école située au « village d'en bas » selon la formulation en vigueur.

Cette école située au pied du bloc d'habitation,à demi-enterrée, demeure en moi comme quelque chose de triste, sombre, avec une directrice hurlant en permanence et pas avare de ces gifles.J'y suis resté jusqu'à Noël, époque durant laquelle j'ai découvert ma timidité maladive.

Élevé seul par ma mère et mon beau-père, un être adorable, magnifique, généreux qui ne voulut jamais se mêler de mon instruction, je me suis retrouvé à devoir me faire accepter et tenter de me sociabiliser, ce qui fut assez compliqué.

Je ne connaissais aucun de ceux que je retrouverai au gré de mes changements d'écoles.

Ceux de ma résidence, nous habitions tout en haut du village très proche des bâtiments du sanatorium dédié aux étudiants.

Quand la fin du premier trimestre arriva, un spectacle fut monté par notre institutrice ; nous devions jouer et chanter une chanson populaire du moment : « Au lycée Papillon », un succès de Georgius – le mot tube n'avait pas encore été inventé !

Prémonition ? Je réussis à pouvoir choisir de chanter le cuistre, le dernier, et à endosser l'habit de l'élève Cancrelat.

Paroles

Élève Labélure ? ... Présent !

Vous êtes premier en histoir' de France ?

Eh bien, parlez-moi d'Vercingétorix
Quelle fut sa vie ? sa mort ? sa naissance ? Répondez-moi bien ... et vous
aurez dix. Monsieur l'Inspecteur,

Je sais tout ça par cœur. Vercingétorix né sous Louis-Philippe Battit
les Chinois un soir à Ronc'vaux C'est lui qui lança la mode des slips
Et mourut pour ça sur un échafaud. Le sujet est neuf,
Bravo, vous aurez neuf.

Refrain
On n'est pas des imbéciles
On a mêm' de l'instruction
Au lycée Pa-pa...
Au lycée Pa-pil...
Au lycée Papillon.

Élève Peaudarent ... Présent ! Vous connaissez l'histoir' naturelle ?

Eh bien, dites-moi c'qu'est un ruminant. Et puis citez-m'en... et je vous
rappelle Que je donne dix quand je suis content. Monsieur
l'Inspecteur,

Je sais tout ça par cœur.

Les ruminants sont des coléoptères

Tels que la langouste ou le rat d'égout,

Le cheval de bois, le pou, la bell'-mère...

Qui bav' sur sa proie et pis qu'aval'tout.

Très bien répondu,

Je vous donn' huit... pas plus...

au Refrain

Élève Isaac ? ... Présent

En arithmétique' vous êt's admirable, Dites-moi ce qu'est la règle

de trois D'ailleurs votre pèr' fut-il pas comptable Des films

Hollywood ... donc répondez-moi. Monsieur l'Inspecteur,

Je sais tout ça par cœur.

La règle de trois ? ... C'est trois hommes d'affaires Deux grands

producteurs de films et puis c'est Un troisième' qui est le commanditaire

Il fournit l'argent et revoit jamais. Isaac, mon petit

Vous aurez neuf et d'mi ! ...

au Refrain

Élève Trouffigne ? ... Présent ! Vous êtes unique en géographie ?
Citez-moi quels sont les départements Les fleuv's et les

vill's de la Normandie Ses spécialités et ses r'présentants ?

Monsieur l'Inspecteur, Je sais tout ça par cœur.

C'est en Normandie que coul' la Moselle Capital' Béziers et chef-lieu Toulon.

On y fait l'caviar et la mortadelle

Et c'est là qu'mourut Philibert Besson. Vous êt's très calé J'donn' dix sans hésiter.

au Refrain

Élève Legateux ? ... Présent !

Vous êt's le meilleur en anatomie ? Répondez, j'vous prie, à cette question Pour qu'un être humain puiss' vivre sa vie

Quels sont ses organ's, quell's sont leurs fonctions ? Monsieur l'Inspecteur,

Je sais tout ça par cœur.

Nous avons un crân', pour fair' des crân'ries Du sang pour sentir, des dents pour danser Nous avons des bras ...

C'est pour les brass'ries Des reins pour rincer

Un foie pour fouetter.

Bien. C'est clair et net

Mais ça n'vaut pas plus d'sept.

au Refrain

Élève Cancrelas ? ... Présent !

Vous êt's le dernier ça me rend morose.

J'vous vois dans la class' tout là-bas dans l'fond

En philosophie, savez-vous quèqu'chose ?

Répondez-moi oui, répondez-moi non.

Monsieur l'Inspecteur,

Moi je n'sais rien par cœur.

Oui, je suis l'dernier, je pass' pour un cuistre

Mais j'm'en fous, je suis près du radiateur

Et puis comm' plus tard j'veux dev'nir ministre

Moins je s'rai calé, plus j'aurais d'valeur,

Je vous dis : bravo !

Mais je vous donn' zéro.

au Refrain

Tout se déroula normalement jusqu'au moment de la répétition où je devais monter sur scène pour chanter devant tout le monde. Dès le lendemain, je tombais malade et ne revins à l'école que pour le jour de la fête pour regarder mes camarades chanter.

Après les fêtes, ce fut le changement d'école. Et quelle école ! Nous occupions une méchante bâtisse, grise, tout en long avec de minuscules fenêtres, des sanitaires dignes du Moyen Âge ; la partie droite du bâtiment servait à entreposer du matériel de la commune.

Le maître se trouvait à l'opposé de la porte d'entrée, devant le poêle à charbon qui chauffait bien les premiers rangs ainsi que le dos de l'instituteur, mais je dois avouer que pour moi qui me trouvais au fond de la classe je trouvais le rendement faible. A chaque ouverture de la porte, une avalanche d'air froid se précipitait, à l'intérieur pour se réchauffer, et me glaçait le dos.

Pourquoi je me retrouvais au fond ? Je suis nouveau, et ici comme ailleurs ; premier arrivé, premier bien placé. Le copain arrivé premier garde la place pour son ami et si tu es seul, tu finis au dernier rang. Le seul avantage, est qu'à la fin de la classe tu es le premier sorti.

Comme dans ma première école, la pâle lumière ne suffit pas à compenser le manque de clarté, mais à la différence que cette salle de classe est insalubre, et munie de fenêtres minuscules et ridicules. C'était un avant-goût des années d'enfermement en internat qui arriveront un peu plus tard...
Je me souviens que même en plein été les lampes restaient allumées.
Je ne garde pas beaucoup de souvenirs de ces années-là, pourtant je découvre les bons points, les images – quand tu as dix bons points pour avoir bien répondu, tu obtiens une petite image, et après avoir totalisé dix petites images, tu te vois gratifié d' une grande image !! –
Je deviens un adepte de l'ardoise qui casse quand elle tombe, et tombe également la main de ma mère quand elle l'apprend.
  « Ce n'est pas possible ! Et tu sais combien ça coûte ? »

Prudent, je n'ai jamais osé répondre « Non ?! »

À l'école, avec l'ardoise, tu écoutes la question et vite, si tu connais la réponse ou penses connaître la réponse, tu écris et tu lèves ton ardoise. Zéro ou bon point selon !!
Ensuite si tu parles avec le voisin tu écopes de cinquante lignes : je ne dois pas...
Toujours et uniquement des formes négatives « je ne dois pas » !

Pourquoi ne pas faire conjuguer un verbe irrégulier au présent et au passé simple ? Je pense que la punition aurait nourri un peu plus mon cognitif.

Avec le temps, je découvre le sadisme de l'instit qui choisit de te lever en serrant ton oreille tout en appliquant un mouvement de levage. Ou tu suis, ou tu as ton oreille en sang et légèrement décollée.

L'autre variante est la prise d'un peu de cheveux qui est tolérée – je parle de ceux au-dessus de l'oreille – avec le même principe ; tu montes ou tu finis chauve, enfin !
Les mauvais traitements ne manquent pas, à croire que des réseaux d'instituteurs sévissaient dans la résistance et pour interroger les prisonniers…
Pour nous, c'était genoux sur une règle, livre ou dictionnaire posé sur la paume de la main les bras en croix, avec interdiction de faire tomber les livres. Les gifles et coups de pied aux fesses ne comptaient pas. Ils étaient gracieusement offerts. Pas question de se pleindre à la maison sauf a tenter la double peine, et une deuxième pour t'apprendre à rester sage en classe.
Ensuite la récréation. Pas de préau, l'herbe mouillée dans le meilleur des cas, la boue, les bousculades, les vêtements salis, quelques fessées en arrivant…

Lorsqu'il pleuvait trop fort, nous restions entassés dans l'entrée qui ne faisait que quelques mètres carrés. S'organisait, aussi, la course aux WC qui sont au nombre de deux, un pour les filles et un pour les garçons.

Si tu n'as pas réussi à te soulager, pendant la pause tu dois affronter le bon vouloir de l'enseignant. Parfois c'est « oui », mais souvent « tu as qu'à te retenir » ou « tu n'avais qu'à y penser avant ».

J'apprends donc que le silence vaut mieux qu'une mauvaise réponse et m'évite d'avoir des lignes à faire en classe ou d'autres à rédiger à la maison avec signature obligatoire et distribution de gratification, fessées, gifles, privation de dessert et à la fin : au lit, parfois sans manger.

Je découvre les dictées, le tarif des fautes :

- o les verbes : une faute d'accord 4 points
- o une faute d'orthographe 2 points ;
- o faute d'accent 1 point ;
- o la ponctuation ¼ de point.

Je commence donc ma collection de zéros.

Je vais découvrir également que je suis (je recopie le mot dans mon dictionnaire !) : dyslexique (une véritable horreur avec un **Y** et un **X** !) Je me vante à l'époque, je disais seulement que j'inversais les chiffres et les lettres. Mais j'avais un alibi puisque notre mère l'était également, donc, j'ai bénéficié d'une indulgence toute relative pour ces fautes.

Je cumule donc, dyslexie, dysorthographie et je vais découvrir un peu plus tard que je souffre de cet acronyme le **T.D.A.H.**

*   *   *

La rentrée suivante se fera encore dans cette pauvre école mais après les vacances de Pâques je me retrouve scolarisé dans une école toute neuve de forme arrondie, avec des grandes baies vitrées, un grand préau, des lavabos éclairés par un puits de lumière, de beaux sanitaires, une salle de classe lumineuse, un tableau constitué de trois parties : une fixe et deux volets mobiles de couleur verte. Fini le tableau noir !
Du mobilier tout neuf, des tables composées d'une structure métallique, pour maintenir le plateau servant d'écritoire et sous ce plateau, une tablette pour entreposer, trousse, cahiers....Finis le vieux mobilier, table, banc sodidaire de l'ensemble pour s'asseoir.
Les premiers jours sont idylliques, et je retrouve une maîtresse pour nous instruire. Fini les vieux instituteurs, une dame jeune, c'est le paradis ! Enfin presque...

Le lundi, nous ouvrons nos cahiers du jour, inscrivons la date bien soulignée et ensuite le terrible mot :

DICTÉE.

Je continue ma collection de mauvaises notes, zéro le plus souvent, parfois quelques points, et pour les deux dernières années, je vais m'enfoncer.

Dans les autres matières, je surnage. J'ai une mémoire immédiate excellente qui me permet d'obtenir quelques notes au-dessus de la moyenne. Je me débrouille donc bien en récitation !

À la maison personne ne contrôle si les devoirs sont faits et les leçons apprises, à de rares exceptions. Les parents travaillent ou ma mère se trouve hospitalisée.

Je garde en mémoire des retour de l'hôpital en pleine nuit, mais aussi d'une sorte de complicité avec « mon père ».

À l'école, je déteste également lorsque nous devons chanter. La maîtresse joue de son guide-chant et nous devons reproduire les notes.

Je n'ai aucune oreille, et plus tard au lycée, les cours de musique vont me faire détester le solfège. Même en musique les dictées sévicent !!

J'arrive en CM2, et je vais devoir passer un examen pour l'entrée en sixième.

Notre sympathique institutrice nous a entraînés, mais je connais le programme, la dictée fait partie de l'épreuve.

Je passe cet examen et le classement qui détermine le choix de l'établissement pour la rentrée en sixième reflète mon niveau.

Je vais être interne, mais pas à Grenoble où se trouve le meilleur lycée du département, le lycée Champollion, mais à Vizille, ex-lieu de villégiature des présidents de la République, où même de Gaulle viendra passer quelques jours de vacances.

L'annonce du lieu fâche sévèrement ma mère, car le problème financier va surgir et peser lourd dans la vie des parents, mais je n'en ai pas la moindre idée.
Chaque trimestre mes parents viennent payer la pension !!
Je sais juste que, si j'en crois ma mère, si j'avais mieux travaillé, je ne serais pas en pension.
À partir de là, je vais cumuler les ennuis.

Le premier est de ne pas être vraiment sociabilisé, car même si j'ai un frère, nous vivons séparément, lui chez une tante et moi chez ma mère. Je ne suis donc pas habitué à partager, ni à devoir composer avec les autres.
A l'internat, tu dois partager ce que tu as reçu...

Souvent seul à la maison, je possède une certaine indépendance. Je gère mon temps un peu comme je veux lorsque les parents travaillent. Autrement, je ne peux pas sortir avant telle heure, je ne peux pas aller chez untel, je ne peux pas, je ne peux jamais…

Mes parents ne reçoivent personne en dehors d'un couple qui travaille et habite dans le même bloc.

Au début de l'adolescence, je vais sombrer dans les « plaisirs » de l'internat qui en cinquante -six vous forgent le caractère.

Tu manges très mal, tu découvres le bizutage, les brimades, le dortoir, les « vidages de lit » à chaque veille de vacances, l'avantage de ronfler, le tas de chaussures qui viennent s 'écraser sur ton lit pendant la nuit ; les jours de colle, les privations de sortie, la toilette au lavabo muni d'une seule eau, froide en été et glacée en hiver ; je découvre outre la faim, ma première grève, car assis au bout d'une table de douze, onze grands en première, je reste pour manifester, je n'ose pas me lever, sans trop comprendre pourquoi. Etc...

La première année je suis boursier. Je suppose que l'effort consenti par les parents s'avère un peu moins dur.
Seulement, dans ces années-là les parents – les miens comme les autres – ne discutent aucunement, n'expliquent rien aux enfants.
Les problèmes ne concernent que les adultes. Ils les règlent loin de moi, et je ne me révèle pas assez attentif ni intelligent pour les deviner.
Je suppose que « mon père » le second mari de ma mère, va travailler les dimanches, son unique jour de repos, et que ma mère va aller retravailler, elle aussi, après avoir recouvré une partie de sa santé, pour acquitter les trimestres de pension.

Tout cela m'échappe. Je suis occupé à vivre mon quotidien.
Je peine entre les voyages, les problèmes de correspondance de cars pour remonter sur notre plateau, les retours les dimanches après-midi, les arrivées à l'internant où je me retrouve seul dans la cour avec pour repas un sandwich, pain jambon, une vache qui rit et selon la saison, un fruit, ou une gaufrette comme dessert.

Je finis par m'adapter aux changements de salle de classe, de professeurs, au cahier de textes, aux devoirs à rédiger seul le soir en étude, à apprendre les leçons, à penser à anticiper les rédactions qui vous sont données pour être rendues quinze jours plus tard !A rester éveiller en étude jusqu'à vingt et une heure. Que de fois me suis je assoupi sur ma table.

Le cours de français ressemble à ceux de la primaire de mon point de vue. La première chose : dictée !
Le barème, depuis le CM2, je le maîtrise, et je reprends ma collection de zéros, et découvre le poids de ces mauvaises notes qui minent la moyenne et mon moral.

Le rouge ne va plus me quitter et envahir la marge de mes rédactions, de mes dictées, et même des devoirs de composition où l'orthographe va m'ôter quelques points sur ma note finale.

Je rêve en rouge la nuit.

Je découvre un nouveau mot : « charabia », et lorsque je réponds à une question, parfois, je suis gratifié d'un « c'est du charabia » ou « c'est du petit nègre » – scorie de notre occupation en Afrique avec nos colonies AEF[1], AOF[2], sans oublier nos comptoirs en Inde.

1 Afrique équatoriale française
2 Afrique occidentale française

Sur mes copies, je lis, sans le comprendre l'annotation : « faute de style, mal rédigé ». Très timide et ne voulant pas me faire rabrouer, je ne demande pas d'explication, mais en aurais-je eu ?

Je dois avouer que cette première année, je vais la passer à l'infirmerie et à la maison, car je n'ai pas eu les maladies infantiles courantes, aussi vais -je attraper les oreillons que j'ai refilés à mon père qui le laissa sur le flanc à plus de cinquante ans. Il échappa de peu à la mort.Quelque années plus taard je serai gratifié d'un séjour à l'hôpital pour une rougeole. Chanceux j'échappe à la polomyielose qui laissera quelques camarades de classes, handicapés physiquement, et certain mourront, hélas.

De maladies en absences je fus admis à redoubler tout en conservant ma bourse, ce qui soulagea mes parents.

Les années suivantes, malgré mes efforts, je n'ai pas progressé en français, en dépit des cours particuliers que payèrent mes parents à la fin du dernier trimestre.

Nous étions deux ; une camarade de classe, rousse au doux prénom de Fiacre, me semble-t-il.

Je dirai que l'argent investi influa un peu sur mes notes, **mais en dictée, pas la moindre embellie. Rien n'y faisait ! Je devenais de plus en plus silencieux et les :** « Ne travaille pas assez ! », « *Bâcle ses devoirs !* », « *Efforts insuffisants !* » me peinèrent un temps, car il me semblait que je passais beaucoup de temps sur mes devoirs, mais de toute évidence, pas de façon efficace. Avec le temps, vint mon dégoût, et le début de mon renoncement. Ce faisant, je ne souffrais plus des commentaires dans mon cahier de correspondance, je courbais le dos le dimanche pour le faire signer avant de prendre le car.

Que de fois n'ai-je entendu ce petit : « tu ne peux pas te relire ? »

Si, mais je me trouvais dans l'incapacité de relever les fautes d'orthographe ou d'accord pour les corriger.

Quand bien même un mot eu été absent de mon texte ma mémoire le replaçait, un peu comme dans les devoirs » à trous » où il faut compléter la phrase.

Apprendre les règles de grammaire ne suffit pas et l'application me manquait, le réflexe, le questionnement, l'utilisation d'astuces pour les verbes, conjugués ou infinitif ?

Tout cela, je ne l'avais pas acquis, compris, assimilé.

Je dois ajouter par honnêteté que la seule chose qui m'importait, sortir le plus vite possible, me retrouver au milieu des bois, de la forêt, courir comme un dératé du bas du village jusqu'en haut pour tenter d'arriver avant le petit car rouge qui reliait les divers endroits du plateau.

MES ANNÉES LYCÉE ET COLLÈGE

Pour l'orthographe pure, je ne lisais certainement pas assez et de manière distraite, ne m'arrêtant pas sur un mot compliqué, ou sur la présence d'un accent circonflexe, en me posant la question : « Pourquoi cet accent ? ». Non, ça je ne le faisais pas, mais d'un autre côté, personne ne m'a accordé du temps et de la patience pour me guider dans l'apprentissage de l'orthographe.

Comme tout un chacun j'appris que le chapeau de la cime est tombé dans l'abîme, que sous réserve de respecter l'ordre, jamais et toujours prennent un S à la   fin ?
Que nombre de « S » du vieux français se muèrent en accent circonflexe, forêt, hôpital.....

J'avais besoin de disposer de plus de temps pour me mécaniser, pour acquérir les bons réflexes, me poser la bonne question, pour déterminer la terminaison du verbe, d'accorder ou non un participe, et toutes ces règles qui demandent de la réflexion avant d'être des réflexes.
Mais en primaire, et plus encore en secondaire, les programmes doivent s'achever en même temps que l'année scolaire, et malheur aux retardataires.
Je garde un seul souvenir savoureux, en rédaction, celle de la composition trimestrielle. Je me souviens du thème : Qu'aimeriez-vous faire plus tard.

Nous sommes en cinquante-neuf, loin des événements qui se produiront plus tard.

Malgré une bonne mémoire – si pratique mais inutile - car à répéter sans trop comprendre, ne me mènera pas plus loin que la seconde.

J'avais commencé par écrire que « *de voir chaque matin le soleil se lever me suffisait* », profiter de ce bonheur et que le reste ne me préoccupait pas. J'avais dû développer un peu mais penser à un futur métier ne me préoccupait pas.

Je devais penser à devenir pilote de ligne, d'avion de chasse, la conséquence du visionnage du film(Le grand cirque) avec Pierre Closterman qui réussissait à surmonter un défaut des avions de chasse, en inversant la poussée des manettes pour le faire remonter !! j'aurai tout aussi bien répondre pompier...

Alors que j'étais plutôt satisfait de ma rédaction, je n'obtins qu' un 1/20. pour ne pas mettre 0 – mais par chance, cette année-là, nous n'étions que quinze en classe. Alors, celle qui recopiait les notes pensa qu'il y avait eu une inversion, et je me suis retrouvé avec un 15 en rédaction et premier de la classe !

Je sais, ce n'est pas glorieux, mais cela se retourna contre moi, car à partir de ce moment-là, j'entendais la sempiternelle phrase : « Tu vois, quand tu veux, tu peux ! »

Sans doute la petite phrase : « Je suis fière de toi », fut ajoutée. Bon sang, se sentir important, aimé peut-être pour une note ! Entendre une fois « je suis fière de toi », et le restant du temps ?! Et fier de quoi ? Qui a travaillé ??

Je n'ignore pas que les parents, selon la manière dont ils avaient été élevés – je serais tenté d'écrire « dressés » – ne redonnaient que ce qu'ils avaient reçu ?

J'ai échappé à la guerre d'Algérie qui reçut la qualification d'incident, quelle aberration ! – mais la pudeur, les années difficiles ne suffisent pas à ne jamais dire à un enfant « je t'aime », « je suis heureux, content, lorsque tu réussis », mais pas « je suis fier ». Fier de quoi ? Du travail accompli par l'enfant ? Je suis fier de moi lorsque tu réussis un travail. Mon travail, mon habileté me rendent fier de ce que JE produis, et non pas de ce qu'un autre que moi produit.

Devenu père, jamais je n'ai prononcé cette sentence. Nos enfants, je les ai voulus et aimés comme ils sont, et quand ils réussissent quelque chose, je leur dis : « Je suis heureux pour toi, tu peux être fier de toi. » Je les encourage, je reste positif.

*

*   *

J'ai passé cinq ans dans ce lycée, où j'ai connu les émois de pré-ado car les classes étaient mixtes, les premières peines, le plaisir de faire le mur sans se faire prendre, mais je n'ai gardé aucun souvenir, du moindre copain.

À la fin de l'année, il y a l'épreuve du BEPC. Je ne sais comment, mais j'arrive presque à dix, je dois repasser un oral.

Pour l'occasion, mon frère, que je ne vois pas très souvent, va me faire travailler pour me permettre d'obtenir ce précieux sésame. Nous sommes en soixante.

Bien dirigé, conseillé, je me présente à l'oral au grand soulagement et à la satisfaction générale. Je m'apprête à savourer de bonnes vacances. Raté ! Je suis admis à changer d'établissement pour redoubler.

Je vais me retrouver encore plus loin, à Saint-Marcellin. Toujours interne, mais ce sera le début de ce qu'aujourd'hui l'on nomme le « lâcher-prise ».

Le français, les dictées coulent mes moyennes et les filles qui sont en classe ont bien plus d'attraits que les cours.

Les profs peuvent toujours nous obliger à noter dans un petit carnet les mots mal orthographiés, je ne réussis pas à écrire sans faire de fautes. Mais l'indifférence, le je-m'en-foutisme a remplacé tous les autres sentiments.

Je vais découvrir le jazz, Ray CHARLES, le rock, Gene VINCENT… et le flipper au bistro du coin où je m'attarde avant d'aller chercher mon train à la gare. Bien sûr, comme tous les redoublants, je ne travaille pas mais passe en seconde. Les Yés Yés, naissent, chacun veut devenir chanteur, monter un groupe, des copains de collège créent un groupe.. moi je rêve, mais je n'ai pas de voix, pas de désirs de me regrouper pour former un en semble. Je reste en dehors solitaire.

Me voici invité à rentrer au grand lycée Champollion où mon frère étudie depuis six années et va passer son baccalauréat en Terminale C, la voie royale.

Je termine mes études, là où j'aurais pu, du les entamer .

Je conserve le sourire qui se formait sur mes lèvres en voyant ces têtes pleines, hautes comme trois pommes, traverser la cour en ployant sous le poids du Gaffiot (dictionnaire Latin-Français) sous un bras et de celui du Grec sous l'autre bras.

Pauvres demi-pensionnaires, sortes d'escargots transportant tous leurs livres sur le dos, leur maison du savoir !... Ils faisaient selon l'expression A ou A', « respect jeunes gens ».

Je vais finir en beauté, mais je suis incapable de mettre mes pas dans ceux de mon frère qui a suivi la voie royale, le C avec mention, Prépa ensuite, et…Thèse, doctorat..
Dernière année, je n'ai plus de bourse, plus de dictée non plus, mais je ne veux plus étudier. La seule chose importante qui a fait que je me suis accroché un peu, était de bénéficier d'un sursis pour ne pas partir faire la guerre d'Algérie.

Je veux parler des événements, bien sûr.

Les camarades « pieds-noirs » arrivent nombreux. Ce qu'ils racontent me surprend et m'interroge. Je n'arrive pas à comprendre, l'OAS [3] , le FLN [4] , qui fait quoi, le quarteron d'officiers, les attentats…

3 Organisation de l'armée secrète
4 Front de libération nationale

J'ai l'impression que nos braves bidasses sont victimes des deux partis, et tout cela pour le bénéfice de qui ?

À la rentrée des vacances de Noël soixante-deux j'informe mes parents que l'année suivante je n'irai plus au lycée. Ils n'ont pas à payer l'internant pour que j'apprenne le tarot !
Mais pourquoi suis-je allé au lycée ? Je me le demande.
Petit retour en arrière : à la fin du CM1 je fais ma rentrée en classe préparant au certificat d'études, affublé d' un plâtre à l'avant -bras ; un mauvais placage sur un terrain plein de cailloux !

Je reste quelques jours, le temps de tester la solidité de mon plâtre sur la tête de casse-pieds ! et ensuite, retour en CM2 à mon ancienne école. Pourquoi ?

Bien des années plus tard je comprends. Mes parents ne veulent pas se voir reprocher de m'avoir dirigé sur l'apprentissage d'un métier manuel, quand mon frère étudie au lycée de façon brillante. Non ! J'irai moi aussi user mes culottes courtes sur les chaises d'un lycée.

Aujourd'hui encore je ne sais si mes parents ont bien agi. La question me fut sans doute posée : « Quel métier veux-tu faire plus tard ? » Je ne m'en souviens plus, et si j'ai répondu, je doute que ma réponse ait été censée. Je n'avais aucune idée et mes parents décidèrent pour moi. Malheureusement, lorsque je rentrais lycée, ils ont dû ressentir de grande déception à chaque réception du bulletin trimestriel…

Arrivé à l'automne de ma vie, je n'ai rien à transmettre à mes enfants. J'ai une impression de n'avoir pas réussi dans la vie, ni réussi ma vie.

Tout n'est pourtant pas négatif, car dans cette dernière année au lycée, je vais croiser un professeur de français qui va me faire, nous faire découvrir, Marot, Ronsard... et VILLON, ses ballades des pendus, les dames du temps jadis, et aujourd'hui encore je peux réciter « Hé ! Dieu si j'eusse étudié au temps de ma jeunesse... » et un peu plus tard, je découvre aussi Prévert, et mon texte préféré ?

Le cancre de Monsieur PREVERT J.

LE CANCRE

Il dit non avec la tête

mais il dit oui avec le cœur...

Il me reste, en mémoire, une réflexion de ce professeur concernant la condamnation et l'exécution d'un prisonnier en soixante-trois : Bastien Thierry. Cet enseignant nous dit : « Si demain se déroulait une exécution avec la guillotine à Grenoble, place Grenette, les balcons se loueraient une fortune. » Je n'ai pas oublié cette remarque, mais le pire, c'est qu'il avait raison et demain va encore lui donner raison, hélas.

Grâce à ce professeur, je vais enfin lire à mon tour. Pourtant, l'exemple je l'avais à chaque vacance avec mon frère qui lisait, qui dévorait les livres de bibliothèque avec gourmandise.

Plonger dans un livre le transportait. Il n'entendait plus rien, et s'il répondait la phrase ne variait pas : «Je termine le chapitre » !

J'ai lu, oui mais mal. Je me laissais prendre par l'histoire sans m'attacher à l'orthographe des mots, au style de l'auteur, sans crayon, ni papier, je lisais pour lire.
J'ai conservé au fond de ma mémooire des bribes :
Le dégout lui perçait l'épaule
Il le tenait non pas ainsi qu'une épousée, mais plus raide un petit !! Ah monsieur VILLON, tu m'as sauvé !!

Lorsqu'une description s'avérait trop longue, je tournais les pages, pour ne pas les lire, et lorsque je commençais à lire un livre que j'avais choisi un peu compliqué, je ne le terminais pas.
Plus tard, Tolkien, Peter MAY, un autre style, et JMG Le Clézio, me convertirons à la lecture de description de paysages, de contemplation des personnages de leur livres.

Je vais énoncer plus d'une fois des évidences .

Je m'explique, je n'arrive que rarement à me fixer un objectif raisonnable. Généralement, ils sont trop hauts, et donc inatteignables ou trop bas et n'apportant aucun progrès, pas la moindre satisfaction, sauf de réussir une épreuve digne d'un adulte au QI a un seul chiffre !
Dans les discussions, il me semble que mes remarques sont suivies soit d'un long silence, soit d'un changement de sujet.

Ce défaut s'avéra pourtant constructif, surtout lorsque je plaçais la barre un peu haut.

Je possède un peu de fierté – si, si – et je me lance à l'abordage du défi inconscient de ma faiblesse, sauf que je me repose un peu sur mes ambitions, et je me plonge dans la difficulté, mais ne voulant pas m'avouer vaincu, je me démène escaladant les plus bas échelons, et il arrive qu'une main amie m'aide à terminer ma quête.

Je ne veux pas faire machine arrière, j'ai énoncé : je vais, écrire, je vais me former comme éducateur, je me prends au piège tout seul de ma « vantardise »

Malgré moi, je réalise de menus progrès, partagé entre le plaisir d'obtenir un résultat – maigre, certes, mais réel –, et d'autre part, je m'adresse un reproche de ne pouvoir cesser de me hausser du col !

Je suis tiraillé entre l'envie de figurer sur le devant de la scène mais la timidité et le doute, me poussent à renoncer.

Mes parents n'avaient pas les moyens de me voir oisif a *me contenter de voir chaque matin le soleil se lever –*, je fus donc prié de passer des concours pour entrer dans l'administration.

Une fois encore, mon frère me fit travailler, avec abnégation, patience. Je refis même de ces satanées dictées !! refis de l'arithmétique, appris les Départements, les Préfectures...
Puis, un matin direction la ville de Chambéry. J'ai passé et réussi, malgré la dictée où je n'eus pas de zéro éliminatoire.
Je fus reçu au grand soulagement de mes parents.

Notre père, déjà malade, ne put m'accompagner en voiture.

Mon frère, qui avait déjà le permis de conduire, m'accompagna avec notre mère, à Montbéliard.

Après six mois de stage et quinze jours de formation militaire, mon permis de conduire en poche, je fus nommé à Annemasse que je quittais quelques mois après pour rejoindre l'armée.

Grenoble au feu 4ème régiment du Génie. Un signe !

Arrivé en septembre, je me suis retrouvé le 17 décembre, au milieu du Sahara, toujours dans le Génie, mais au 11ème cette fois. Un choc, une chance, je n'ai pas été contaminé !!
Charles de Foucauld. De lui, je ne savais rien mais j'eus la chance d'apercevoir de loin son habitation, le célèbre bjord à Tamanrasset, dans le massif de l'ASSEKREM. L'accord de paix avec l'Algérie était très récent,, et les consignes des officiers de l'armée étaient de ne pas se faire remarquer, de rester à bonne distance et ne rien photographier et surtout une femme si jamais nous devions en croiser une.photographier.

Deux essais nucléaires de bombes A.

Plus tard, je suis de retour en France fin novembre soixante-quatre. Pour une fois je suis heureux, Fier pour la première fois ! Je suis arrivé deuxième classe et je finis deuxième classe, sans avoir effectué un seul jour de prison (encore que je suis passé à un rien de me retrouver à la Légion, pauvre de moi) bien que j'aie eu à subir la préparation militaire.

Je serai en poste à Modane le 3 janvier soixante-six.

Un temps satisfait, j'ai beaucoup travaillé pendant mon stage, un classement honorable m'a permis d'obtenir un poste plutôt dans le Sud, par rapport à Bouzonville, Grosbliederstroff ...Même si je n'ai compris plus que tard la législation, et autres règlement, j'ai appliqué puis j'ai compris Ensuite mon comportement changea. La règle, mais aussi l'esprit.

Je subit mai 68, rien à voir avec les grandes métropôles régionales, et encore moins avec Paris, que je rejoindrais début février 1969.

ENTRÉE DANS LA VIE ACTIVE

Pendant mes seize mois d'armée, en dehors de lettres à mes parents et à une marraine d'armée, je n'ai pas utilisé de stylo, donc pas commis de faute d'orthographe préjudiciable à mon avenir. Mais les anciens ayant décliné l'intérim, je me retrouve à devoir rédiger des ordres de travail. Rapidement je déteste ce travail. Je renonce et laisse un plus jeune le soin de se charger de tous les travaux d'écriture.

Lorsque je dois rédiger un rapport, je me cantonne aux mots simples, aux phrases courtes toujours les mêmes.
 Et je m'en sors très bien comme ça !

Quatre ans plus tard, je monte à Paris, Je suis nommé à Gennevilliers, le port de Paris. Je vais réussir à me faire oublier, mais l'ambiance ne me plaît pas. J'ai pour habitude d'avoir une conduite irréprochable, je ne veux pas me confronter à mes collègues. Mes tenues civiles ou
 d'uniforme ne comportent aucune poches.
Une opportunité se présente, je demande le poste, et j'obtiens une nouvelle mutation.

Je change totalement, passant d'un travail en extérieur, à des tâches de bureau, de contrôle, et me voici à Billancourt. Je vais travailler chez Renault qui nous loge, mais pas pour Renault.

Je découvre d'autres facettes de mon travail et je m'investis énormément. Je me plais, d'ailleurs. Je vais passer plus de cinq années dans ce bureau.

Nom de code :   **IM 5**

Suite à des déboires conjugaux, je me décide à

travailler pour passer un autre concours, et je quitte donc

Renault avec tristesse et regrets.

Nouvelle école pour me perfectionner en vue de ma prochaine affectation.

Le français reste important, mais mes fautes d'orthographe ne me pénalisent pas pour une fois. Je peux choisir un lieu d'affectation, je ne me bats pas pour une région plutôt qu'une autre. Tout sauf Paris et la région parisienne. Je vais découvrir le Nord, qui fait un peu peur, mais pas autant que l'Est.

Steenvoorde me tend les bras, mais un autre camarade qui ne veut pas découvrir Rekkem, me demande si je ne veux pas changer. Pas de problème. Je l'ai dit et répété depuis le départ, et je ne connais pas plus l'un que l'autre alors en route pour Rekkem !

Là, je découvre les Flamands chers à Brel, et je dois assurer la gestion d'une équipe, ce qui induit de rédiger, d'écrire et d'être lu.

Ceux qui travaillent comme chef d'équipe possèdent le bac, voire plus, et j'ai déjà retrouvé, anonymement, des mots de ma plume, soulignés.

Il m'arrive parfois de remplacer l'adjoint et de devoir écrire un rapport circonstancié où il faut étayer, avancer les arguments à charge et à décharge, ensuite le rapport passe de bureau en bureau.

Je reste quatre années, merveilleuses, car j'ai réussi à fédérer une équipe dont les acteurs ne sortaient pas de l'ENA, mais voulaient devenir les meilleurs en progressant chaque jour.

C'était une belle émulation. Salut Rocco sans tes frères !!

Que sont-ils devenus ensuite ? Je n'en ai aucune idée.

Le temps passe. J'ai accumulé assez d'années pour pouvoir obtenir un poste en PACA, et j'ai rencontré la plus merveilleuse des personnes, peu de temps avant de descendre dans le Sud. La vie me sourit.

Je découvre un charmant village, Tende, mais je me retrouve chargé de la conduite de ce poste.

Deux ans et je me sauve. Je découvre que je ne suis pas doué pour commander, ni obéir et encore moins pour avoir une vie sociale qui va de pair avec la fonction. A ceci s'ajoute l'obligation de rédiger et, même si je dis à la secrétaire qu'elle peut taper mon texte, mais pas mes fautes d'orthographe, je me renferme et je n'ai qu'une envie :

« retrouver ma jolie Lorraine ». Comment faire ? Demander Roissy, ce gigantesque aéroport que beaucoup redoutent et évitent.

ROISSY, LA RETRAITE

En quatre-vingt -trois, nous posons nos valises à Tremblay. Je vais battre tous mes records. Dix-sept ans à Roissy même si je change de poste à l'intérieur de cet ensemble, et je suis toujours avec la même dame rencontrée dans le Nord, parce qu'un copain a échangé son poste avec moi. Qu'il en soit remercié !

Je vais continuer de militer pour défendre nos acquis, et je dois, à l'occasion, rédiger des articles qui seront sans que je le sache revus et corrigés, forme, fond aussi parfois, et les horreurs orthographiques supprimées sans que j'en sois informé directement.

Je prépare ma retraite et je sollicite une promotion en interne. Hélas, je suis devancé par une personne ayant un an de plus dans la fonction exercée.

Je conçois cet échec avec beaucoup d'amertume et je ne renouvelle pas ma demande.

Je m'occupe d'accompagner l'école de rugby, et je change de club pour une structure plus importante.

Je découvre, en voulant devenir éducateur, que mes connaissances sont obsolètes et je décide de passer mes diplômes. Le jour du résultat, je suis soulagé. Je décroche mon diplôme d'éducateur et d'entraîneur. Je redoutais tellement de devoir annoncer à mes garçons que j'avais échoué !

Je suis gentiment invité, lorsque je vais vouloir me piquer de faire étudier les garçons, de m'occuper de mon bricolage. Je digère mal ce camouflet, mais je me dis que mon épouse prend la bonne décision.

Je me rattrape, le soir, en lisant les histoires du Petit Nicolas, ou de Bilbo.

Ensuite, la plume me taquine et pour un départ, ou pour exprimer mon désaccord, je rédige ce que j'appelle un billet d'humeur.

Pour savoir si je vais faire rire les copains, je soumets le texte à Madame, qui me le rend avec toutes les fautes corrigées. (un « amateur éclairé » !! je présume, les réclame pour les conserver..)

Je baisse piteusement le front, car ma fierté peine à entendre l'évidence. Je ne m'y ferai jamais. Mon tunnel de zéro grandit dans ma tête.

Un peu comme mon problème de poids. Il faut un déclic, admettre qu'après avoir effectué le calcul masse, poids, âge, je me retrouve rangé dans la catégorie « obèse ». Horreur ! Je réalise l'urgence de consulter afin de maigrir. Tout aussi brusquement, je découvre et j'admets que je suis nul en orthographe et que j'ai bien fait de renoncer à exercer une fonction supérieure. Comment aurais-je pu rédiger en faisant une faute à chaque mot – d'autant que j'ai pris conscience de mes lacunes ?

C'est le même constat pour le jeu.

Je ramasse régulièrement mes lettres au scrabble. Je connais de nombreux mots, mais je suis souvent incapable de les écrire correctement.

Alors quand les autres joueurs me disent que « ce n'est pas ainsi qu'il faut l'écrire », je ramasse piteux, honteux mes lettres que je replace sur ma réglette en bois tout en maugréant *lex dura*[5]… Je déteste perdre !

Il me revient la réflexion de professeurs de faculté affirmant que, lors de corrections de copies, à la troisième faute d'orthographe, ils cessaient leur lecture.

Il se pourrait bien que dans le monde de l'édition sévissent des anciens enseignants, reconvertis puisque la chose se pratique aussi, sauf si vous portez un nom connu et reconnu du grand public.

J'effectue une première tentative pour me faire éditer. Prudent, je donne le texte à mon épouse, qui va passer de nombreuses heures à rectifier un accent, ou en ajouter un. Je découvre mi-émerveillé mi-dépité le nombre incalculable de mots comportant un accent circonflexe !

Avec beaucoup d'humour, elle me dit « au tarif d'u correcteur, pour une page, tu me dois cent euros, et je te fais un prix d'ami ! »

Je souris, la remercie vivement, mais faute de bien déglutir, je rumine sa juste réflexion. Aussi, pour l'ouvrage suivant je m'en remets au correcteur de l'ordinateur sans ignorer ses limites, et je renonce à soumettre mon texte.

Un peu plus tard je confierai mes manuscrit à Madame CABANDE qui formatera le texte pour qu'il soit recevable et lu par d'éventuels éditeurs.

Je redoute, mais la probabilité se situe à 1/10 000 pour qu'un de mes livres soit édité, et la proportion d'avoir de grosses ventes et de me trouver en situation de dédicacer un de mes ouvrages monte à 1/1 000 000.

D'un autre côté, l'idée de devoir rédiger quelques mots, sur une des pages me terrorise ! Imaginez le lecteur découvrant que l'auteur peut commettre une ou plusieurs fautes lors d'une séance de dédicaces ! Je me limiterai d'apposer uniquement en faignant un certain snobisme : « Pour ??? cordialement ! »

Des années, des décennies durant, de façon inconsciente, mon stylo, mon ordinateur alignèrent fautes sur fautes dans une insouciance confortable.

Je ne me rendais compte de rien, ou je me refusais à admettre mon incurie, et pourtant je ne souffrais aucunement de cet état de cancritude.

Le commentaire reçu en provenance d'un éditeur fut sans appel :

Écriture insuffisante, vous écrivez au fil de la plume et vos phrases manquent de cohérence, rendant certains paragraphes incompréhensibles...

Concernant mon physique, me regarder et me voir obèse dura longtemps. Je me contentais d'ouïr avec délice :

« ton gendre ou ton copain, il s'avère drôlement gaillard, costaud ! »

Finalement, avec acharnement me voici bien dans ma peau, mince, svelte, présentable, avec une obligation ne plus reprendre les kilos perdus, donc après les fêtes, ma gourmandise aidant, si je regagne deux kilos mon moral chute. C'est une réaction normale.

Mais, pour l'orthographe, la route, la pente, les efforts à produire relèvent du marathon. Le parcours durera longtemps, l'endurance prévaudra sur la vitesse, sur l'explosivité.

J'apprends, comme pour la course à pied, à doser l'effort, progresser patiemment, s'accorder des pauses, ne pas vouloir brûler les étapes, repartir de la base, se remémorer les trucs et astuces pour débusquer l'infinitif en lieu et place d'un participe.

Se demander si le verbe est pronominal ou non, et écrire correctement « il s'est levé » et non « il c'est levé tôt »…, et ne jamais se déplacer sans « le juge de paix » ; le dictionnaire qui indique le bon son EN ou AN à utiliser...

Je repense à Papy de Cannes qui me racontait que lorsqu'il était enfant sur les bancs de sa petite école, et qu'il devait écrire un mot comme « enfant », il le traduisait en patois savoyard!!si

le mot commençait par le son 'é' alors il écrivait « en »!!

génial !

J'oubliais ; le verbe avoir et ses fameux compléments d'objet placés avant .

Le départ d'une affaire d'un scandale au sein de l'institution, enfant chéri d'Hubert BEUVE-MERY, LE MONDE !Au fil du temps, j'acquiers de menus réflexes, je me pose forces questions, je me relis, je m'accorde du temps libre sachant que je ne resterai pas concentré plus d'une demi-heure.

Brusquement mon insouciance m'abandonne, je redoute mes faiblesses, préférant utiliser une périphrase si je doute de l'orthographe du mot, faute de disposer à l'instant de mon interrogation d'un dictionnaire pour vérifier.

Le plaisir de rédiger se trouve amoindri, moins exaltant. La technique, la discipline me désolent. Je déteste entrer dans les petites cases de la vie, de la société, mais ai-je le choix ?

Oui bien sûr, tandis que je souris en tapotant sur mon clavier, me revient cette petite histoire gentillette ; celle d'un monsieur de plus de quarante ans, toujours pas marié, car il souffre d'énurésie, et aucune dame n'accepte de vivre avec lui, ce qui le rend triste, malgré un suivi par son psy.

Pourtant un beau jour, il arrive tout guilleret chez ses amis qui lui posent la question : « ton psy t'a guéri ? »

Non, mais maintenant je m'en moque !

Où se situe le problème arguerez-vous ? J'ai un respect et de l'admiration pour la dame qui partage ma vie, qui m'aime et supporte me voir rédiger, avec fautes, même les doux billets que je lui dédie pour un anniversaire ou sans aucune raison.

Je repense à la personne qui demandait à Sacha Guitry, alors marié avec Yvonne Printemps.

« Tu dois avoir beaucoup d'occasions avec toutes les amies de ton épouse ! » et de répondre : « Je ne voudrais pas qu'elles sachent de quoi elle doit se contenter ! ». (Je n'écris pas SIC, je ne garantis pas l'exactitude de la citation).

Je voudrais parler des améliorations, des notations négatives, pour encourager l'élève qui partant de − 20 en dictée décrochait en fin d'année un zéro ou un +2. Mathématiquement la progression devient énorme.

Ensuite, je voudrais évoquer la carence des institutions. À chaque changement de majorité, un nouveau ministre se retrouve nommé à l'Éducation nationale et veut absolument marquer de son empreinte son passage, avec de surprenants résultats ! Je garde en mémoire deux noms ; Alice Saunier-Seïté et Claude Allègre dit « le dégraisseur de mammouths » !

Autant de changements inutiles de nature à perturber les enseignants et, par voie de conséquence, les élèves.

 Mais, comme toujours, les enseignants ont toujours raison !

Je n'oublie pas pour autant leur souffrance, les objectifs à atteindre et depuis peu la rentabilité, les dépressions soignées discrètement à la Verrière. J'ose à peine évoquer la lâcheté de ceux qui permettent aux candidats reçus par concours d'être titularisés, alors qu'ils ne sont ni ne seront jamais à même d'enseigner.

 Les écoles le détectent mais laissent à l'académie d'affectation le soin de prendre l'initiative de « démissionner » l'enseignant qui, bien sûr, reçoit le soutien des siens.

Des dizaines et des dizaines de jeunes écoliers, collégiens, lycéens seront perturbés, dégoûtés du plaisir d'étudier. Les plus mal chanceux subiront l'enseignant une partie de leur cycle d'études, malheureusement, et les plus doués ou ceux dont les parents seront à même de les aider grâce à leurs connaissances ou par le biais de cours particuliers, obtiendront une dérogation à l'obligation du lieu d'étude. Les autres couleront doucement, ainsi que leur moyenne et les plaintes n'aboutiront jamais.

Je n'oublie pas les enseignants qui deviendront les têtes de turc de classes difficiles où sont systématiquement affectés les sorties de stages, d'école de l'enseignement.

Eux aussi en manque de repères et de soutien s'enfonceront dans la dépression. Pour les plus sensibles, ils se suicideront. Leur mort sera suivie de longs discours lénifiants, puis tout reprendra, comme si rien n'était arrivé. Lancer une pierre dans un plan d'eau. Les ronds concentriques s'éloignent, disparaissent et personne ne peut plus affirmer qu'une pierre fut jetée, aucune trace, pas de preuve.

Les institutions vacillent, le respect n'a plus cours, les symboles de la loi régalienne explosent à coups de Facebook, de fake new, qu'écris-je, intox, me semble la formulation correcte !

Les instituteurs ont perdu, sous Jospin, leurs avantages pour gagner en un ronflant titre « professeur des écoles ». Adieu le départ à 55 ans !

Pourtant je connais une ou deux institutrices qui ressemblent à une sœur Térésa, vent debout elles continuent à enseigner le français et l'orthographe en inventant de nouveaux outils pédagogiques hors la loi aux yeux de l'académie.

Même en plein Covid 1, elle assume, appel, distribue les devoirs, vient au secours des parents, gère même un autiste. Oserai je écrire qu'elle a passé les premières semaines plus de ONZE heures de sa journée à tout mettre en place, pour que « ses petits » ne soient pas abandonnées, restent en contact avec la vidéo-conférence...Pire, elle pépare déjà sa prochaine rentrée, car entre les lignes elle a compris que l 'année scolaire s'arrêta un 16 mars 2020.

J'entends cette merveilleuse chanson de Brassens et de cette institutrice, payant de sa personne pour obtenir une réussite incroyable de toute une classe qui sombra, l'année suivante. L'enseignante fut vouée aux gémonies !

Chansonnette me direz -vous ? Peut-être, mais le plaisir reste le moteur incontournable pour réussir à convaincre, pour faire adhérer les élèves à vos méthodes qu'ils prennent du plaisir à apprendre, en comprenant ce qu'ils apprennent et en tirent de la fierté.

 Rien de pire que les sempiternels : « Peut mieux faire ! », « Ne travaille pas assez ! », « Devoir bâclé ! ».

Heureusement tout à une fin, et me voici grandement entré dans l'automne de ma vie.

Je continue à tourner les pages de mon vieux dictionnaire où se trouvent encore nombre de mots disparus dans les plus récentes éditions, et aujourd'hui, mon ordinateur me rend de nombreux services en me signalant quelques mots écrits de façon fantaisiste, et silencieusement sans me juger.

Il m'aura fallu une remarque, une question, exprimant un cri du cœur, un constat terrible avec de la peine aussi je pense, lorsque j'ai entendu mon frère me dire : « Comment peut-on faire autant de fautes !! (ou ??)

Pourtant, je ne doute absolument pas de son affectionde.

Je souris en me remémorant cette anecdote narrée par une hôtesse de l'air naviguant sur la feu compagnie TWA. Au retour d'Afrique lorsque les passagers avaient l'obligation de remplir une fiche, l'hôtesse constata qu'une personne ayant mentionné être journaliste de profession, avait commis des fautes de français.

Consciencieuse, elle demanda à cet Africain s'il était bien journaliste, à cause des fautes… La réponse fut aussi pittoresque que le personnage. Oui je suis journaliste mais à la radio, je parle, mais je n'écris pas !

Autre chose qui m'agace profondément, et pourtant que l'on me pardonne cette expression populaire quelque peu vulgaire : j'enfonce souvent des portes ouvertes !
Mes oreilles se referment lorsque j'entends l'argument suprême : « Quand on veut on peut ! » Aussitôt mon cerveau traduit je ne sais pourquoi « Wer will der kann ! » (Qui veut, peut), et aussi instantanément me revient cette autre horreur :

Arbeit macht frei ! (le travail rend libre) Formule ayant fait furher voici bien longtemps.

Eh bien non, désolé, il ne suffit pas de vouloir pour pouvoir et si j'en crois les statistiques, les Français maîtrisent de moins en moins la langue française ainsi que l'orthographe.

L'avenir reste sombre, le nombre des jeunes laissés sur le bord de l'éducation augmente régulièrement ; sélection dès la première année de CP, orientation, clivage entre les niveaux, regroupement des élèves excellents dans des classes d'excellence et les moins bons se retrouvent dans des classes surchargées, où les enseignants sont souvent absents, peu ou pas préparés à diriger de telles classes requérant des années et des années d'expérience. Alors, pourquoi les confier à de tous jeunes enseignants frais émoulus ?

Les méthodes de lecture évoluent au gré des changements de Ministres ; globale, syllabique, Freinet, plurisystème… Pauvres parents qui n'arrivent plus à aider leurs enfants, pauvres enseignants qui selon leur âge et leur détermination, ou l'absence de volonté d'évoluer n'utilisent pas la bonne pédagogie !Dans notre société chacun se doit d'évoluer au rythme des autres. Si vous n'arrivez pas à la fin de l'année en ayant assimilé et compris l'enseignement, vous voici marginalisé, dirigé vers les classes spéciales.
pourtant, pour certains, bénéficier de plus de temps, un trimestre ou un semestre supplémentaire s'avérerait bénéfique, seulement cette possibilité n'existe pas, la solution proposée est le redoublement qui s 'avère plus nocive que bénéfique.

Il faudrait aménager de nouvelles classes avec des passerelles permettant à l'élève dès que son niveau le lui permet de réintégrer une classe « normale » et de se retrouver dans le cycle normal.

Je conçois aisément que tous les élèves ne finiront pas sur les bancs de l'ENA pour former des bataillons de fonctionnaires qui seront détestés et honnis de l'État lui-même !...

D'ailleurs, je constate que ceux sont toujours les mêmes catégories qui subissent les suppressions d'emplois, alors que si nos dirigeants supprimaient dix hauts ou très hauts fonctionnaires de ceux qui, à part rédiger des textes abscons, ne servent à rien, les économies seraient substantielles et l'efficacité multipliée par dix.

Ceux qui luttent pour atteindre les objectifs fixés par ceux qui ne savent rien de ce qu'ils exigent, seraient selon l'horrible expression « rentables » !!!

Mais je m'égare… Comment définir la rentabilité d'un rédacteur de JORF ??

Je m'interroge, nous avons eu la temête de 1999/2000, la vache folle, l'épidémie de SRAS, la sêcheresse, et de loin avons assisté à EBOLA, seulement aujourd'hui Covid 19 n'a rien d'éxotique ou de lointain, il a lieu chez nous.

Les fontionnaires de tous niveaux sont sollicités, adorés, adulés, remerciés, ils font des miracles, certains meurent en sauvant ceux qui les clouèrent au pilori.

Demain, recrutement, ou sordide calcul, la baisse du nombre des fonctionnaires nous a fait économiser tant, le Covid 19 nous a coûté tant. Différence : vous avez la réponse.

GUÉRISON OU RÉMISSION ?

Pour les estropiés de la vie, les solutions diverses et multiples existent : greffes, appareillages, solutions orthopédiques, prothèses adaptées, proposition pour pratiquer du sport, et d'autres solutions pouvoir s'intégrer dans un ensemble plus vaste que propose celui du sport.

Certains réussissent à force de combats, d'efforts terribles, de force de caractère à se hisser à un bon, voire très bon niveau, national ou international, avec les championnats, et même, jeux olympiques. Quel est le pourcentage de ses sportifs de haut niveau qui deviennent des vedettes ? Peu importe, ils donnent espoir aux autres.

Un dépressif chronique surmonte t-il son handicap ? La réussite reste rare. L'accompagnement et l'entourage limitent les effets, mais le patient reste et restera fragile à jamais.

Les handicapés physiques reçoivent des aménagements, pour conduire, pour se garer sur les divers lieux de garage, magasins, autoroutes, attribution de macaron GIC...Pour les autres, rien.
Alors que pour les personnes handicapées de l'orthographe, l'aide et la reconnaissance se révèlent du même niveau que pour les personnes atteintes de maladies dites orphelines.

Reste la foi ??

Je souris depuis très longtemps devant ceux qui, ne trouvant pas de remèdes de méthodes pour essayer de guérir, de vaincre une maladie, se rendent dans une action ultime, à... Lourdes ! ou s'en remettent au premier Jésus-Christ ou mage ou gourou qui leur promet...

J'avoue que, dans des périodes de dépression, j'ai moi-même tenté de trouver une solution miracle en achetant, pêle -mêle, des livres sur le coaching orthographique, la série des Hugo, le Grammaticus, et un temps à la mode, la série des nuls en... et le très sérieux « La revanche des nuls en orthographe » !
J'ai trouvé du bon, du moins bon et beaucoup d'inutiles conseils.
Je persiste à penser que, comme toute chose, l'apprentissage jeune reste la clef du succès, et que l'école doit porter ses efforts sur cette partie de la vie des enfants. Mais les structures, les programmes à géométrie variable et fluctuante ne le permettent pas, pour le plus grand nombre.

Réflexion faite, je me demande parfois si je ne serai pas classable en COTEREP[6] ?? ou plus exactement en CDAPH[7] ??

---

[6] Abréviation pour Commission technique d'orientation et de reclassement professionnel, une ancienne institution française chargée de favoriser l'insertion professionnelle des personnes handicapées.

[7] La Commission des droits et de l'autonomie des personnes handicapées est un organisme au sein de la maison départementale des personnes handicapées chargé de répondre aux demandes faites par les personnes handicapées ou leurs représentants concernant leurs droits.

J'essaie de me trouver des « béquilles » adaptées, de ne jamais commencer à écrire sans mes dictionnaires et monBescherelle pour vaincre les verbes irréguliers et autres.Prendre tout mon temps, lire et relire si possible avec attention, et laisser du temps entre l'écriture et la relecture.

J'ai mis en place mes propres méthodes.

Dire mon texte à haute voix me permet de me rendre compte de problèmes d'accords, le son d'un verbe mal conjugué « accroche » parfois l'oreille et me fait me plonger dans ma documentation.

Soumettre son texte à une personne proche.

Peut-on progresser ? Je l'affirme, « Oui » lorsque le niveau se révèle si bas que les progrès ne peuvent que se produire, mais les étapes suivantes restent difficiles et un accompagnement s'avère indispensable.

Reste à trouver la bonne personne, patiente, dévouée mais un peu ferme pour vous conduire sur le chemin du progrès. La satisfactio, le plaisir, un peu de fierté de réussir vous portent pour continuer à condition de rester lucide et appliqué.

La réussite, c'est aussi ne pas se complaire dans la médiocrité, mais ne pas se fixer des objectifs trop ambitieux. La dictée de Mérimée, ainsi que toutes celles élaborées par Pivot, ou les journaux à l'occasion d'une journée particulière sur le français, peuvent s'avérer nocives et vous précipiter vers la rechute et le renoncement si vous n'êtes pas prêt.

Il faut aussi se souvenir qu'à deux le résultat se révélera toujours meilleur, le meilleur tire le moins bon vers le haut.

Enfin, je souffre aujourd'hui de ce TADH[8] enfant je devais frôler l'hyperactivité, car même chenu j'ai besoin de me dépenser, de bouger.

[8] Trouble du Déficit d'Attention avec ou sans Hyper activité.

En ces tristes jours de Covid 19, toutes proportions gardées, j'ai une pensée pour tous les hypers actifs, adultes et surtout enfants obligés de rester enfermés entre quatre murs.

J'ai renoncé à certains jeux de société qui se pratiquent en équipe, pour ne pas pénaliser mon ou mes partenaires, car je sombre rapidement dans l'absence. Je ne suis toujours pas capable de me concentrer durablement.

Passé le premier quart d'heure, tout peut se produire, je ne suis plus l'évolution d'une partie, ne compte plus les couleurs, les atouts, pour un grand ou un petit schelem !

En voiture, combien de fois me suis-je retrouvé sur une route non choisie, parce qu'à un moment donné, je me suis déconnecté, alors que le trajet je l'ai effectué des centaines de fois. Je n'ai jamais réussi à faire un aller-retour Île de France-Cannes sans me tromper d'itinéraire !... Vous pensez que je suis un danger au volant ? Non, les réflexes m'alertent : pas de stop grillé, pas de refus de priorité, rien de tout cela. J'ai acquis ces automatismes au début de l'apprentissage de la conduite, et je suis comme je le dis souvent : en pilote automatique ! Mais pourtant il m'est arrivé de ne garder aucun souvenir d'une partie du trajet… à jeun, je le précise !

Il me reste la dérision… j'énonce calmement que « c'est une variante », « un raccourci qui allonge », ou que « je ne connaissais pas ce coin jusqu'à présent »…

J'ai pensé à un dédoublement de la personnalité évidemment, et j'avoue y avoir cru vraiment, un soir de départ d'un copain du rugby. J'avais mis un petit mot sur un texte, qui lui fut remis, en signant de mon prénom, mais ayant eu une nouvelle inspiration j'adjoignis un PS tout en le signant de mon surnom – ce que me fit remarquer le récipiendaire !

Ce cumul de DYS[9] me pollue la vie, mais le pire, je crois, c'est que je m'aperçois que j'ai transmis à ma descendance ces scories.

Actuellement, les progrès pour détecter ces anomalies progressent, mais les structures pour les soigner tardent à voir le jour. Les associations sont à la pointe, et l'appareil d'État se contente de suivre, d'encadrer, car il observe sans agir.

À chaque maladie, à chaque handicap, des études sont initiées par un département public, ou par un groupe privé, voire une famille qui va initier un mouvement pour lever des fonds, créer une association.

Qu'ai-je fait ? Rien ! Aurais-je dû consulter un médecin ?

J'imagine…

  − Bonjour Docteur, je souffre d'orthographite aiguë. Un blanc.

Connaîtriez-vous un spécialiste que vous pourriez me recommander ?

  − J'avoue ne jamais avoir eu à résoudre un tel cas, des demandes pour un psy, un orthophoniste oui pour de jeunes enfants ou adolescents, mais pour une personne de votre âge, jamais. Je suis désolé. Peut-être pourriez-vous essayer de contacter une association…

---

[9] On regroupe sous "troubles Dys" les troubles cognitifs spécifiques et les troubles des apprentissages qu'ils induisent. Plus d'information sur : https://www.ffdys.com/troubles-dys

Quelles solutions ? Lourdes ? Apprendre chaque jour une page de dictionnaire, sans la recopier ? Les résultats sont nuls. J'ai déjà possédé un petit carnet pour écrire les mots où j'avais fait une faute. Je dirai que la méthode peut se comparer à ceux qui, ne pouvant regarder à la télévision tous les films, les enregistrent et se rendent compte qu'ils n'auront pas le temps de tout visionner.

Quelle autre solution ? S'attacher les services d'un correcteur ? Impossible ! Je ne possède aucune fortune, et se promener partout avec mon rectificateur d'horreur orthographique ou grammaticale… La belle affaire ! La question qui me vient à l'esprit : « Qu'est ce qu'un Rectificateur d'horreur ? ».
Humour, précipitation, absence de reflexion avant de poser mes doigts sur le clavier ??

S'auto -corriger ? Se rendre en tous lieux à se casser le dos sous le poids des dictionnaires, lexiques et précis de grammaire ? Peu réalisable.

Je cherche LA solution miraculeuse depuis bien longtemps sans résultat. Un zeste d'humour, un « nègre », comme A. DUMAS ?

Un jour si je deviens « célèbre » !!

Je déclare donc l'orthographite aiguë maladie

incurable,évolution lente pouvant entraîner la dépression,

maladie irréversible, hélas.L'enfant aidé de ses parents et de

bénévoles trouve enfin une reconnaissance de son ou ses

handicaps.

Tant mieux, car combien de fois n'ai-je entendu : « Tu ne peux pas faire attention ? » « Tu regardes toujours voler les mouches ! » « Tu n'écoutes pas ! » Rien que de beaux encouragements à sombrer !...

Autre problème que j'ai rencontré ; l'utilisation d'un clavier, qu'il soit d'une machine ou d'un ordinateur.

Je ne sais pas taper sans regarder où je pose mes doigts, et donc je ne vois ce que j'écris. (Vous avez remarqué, j'ai oublié le « pas » !) Pour ajouter un peu de piment à cette difficulté, mes idées arrivent en rafales, et comme je crains de les oublier, je frappe sur mon clavier le plus rapidement possible et le texte s'allonge avec...fautes de français,....

Heureusement, les correcteurs de traitement de texte évitent une hécatombe d'horreurs, sauf pour les accords, bien sûr !

Je songe sourire au cerveau, à papy de Cannes qui parfois se racontait sur son école, sur les méthodes, utilisées par les bons maîtres d'écoles !!.

Lorsque je rentrais à la maison, pour savoir combien de fautes j'avais fait dans une dictée, il me suffisait de compter le nombre de bosses que j'avais sur la tête.

A chaque faute un coup avec le poing fermé , avec la pliure de la phalange !!

Il devrait me rester encore un peu de temps à profiter de ma vieillesse, et je compte en abuser, sauf pour coucher sur le papier mes tentatives d'écrire un roman, un récit.

Pour le moment, ma copine – une sorte de danseuse que j'entretiens – me permet de lire et d'aller et venir. Merci à toi Lucentis[10], qui me protège.

Vous trouvez joli, le prénom ? Vous avez raison et je confesse lui obéir au doigt et à l'œil !!!

Pour tous les DYS, comme pour mon penchant pour Lucentis, je suis assuré de n'obtenir qu'une rémission, qu'un peu de stabilité dans l'évolution des troubles.

10 D.M.L.A.dégénéressance maculaire liée à l'âge

Je me console en visitant chaque fois que j'en ai la possibilité, mon vieux camarade de joug, du temps où nous partagions les mêmes bancs de visites

Lui souffre dix fois, cent fois, mille fois plus que moi, et son avenir il peut le toucher en allongeant ses bras. Il possède un joli nom, que j'ai bien évidemment transformé pour le mémoriser ; je prononce Winchester et Edam.

Vous avez deviné ? Non, je reconnais que les maladies rares ne facilitent pas la tâche du questionné !

Je vous donne la solution : Erdheim-Chester.

Lorsque je lui rends visite, je ne sais jamais s'il me recevra une autre fois encore.

* *

Maintenant, je souris en lisant une réforme, ou future réforme concernant l'usage de l'accent circonflexe. **Oui pour** le **a** et le **o,** *non pour* **i** et le **u.**

Conservé pour différencier le mot mûr et mur, jeune et jeûne... et aussi pour les conjugaisons, passé simple, plus que parfait du subjonctif... Une urgence ? Je me le demande.

Le temps a passé, j'ai donné à lire, j'ai écouté, les commentaires, et tiré la leçon qui s'impose.
Je me suis trop précipité, à vouloir me faire éditer !!
vanitas vaniatum, et omnia vanitas !!
Alors j'adjoints un grand P.S.

UN GRAND P.S.

J'ai relu, discuté avec la famille, mais surtout j'ai

eu la chance d'avoir un vieux compagnon du temps

où nous usions nos derniers shorts de rugby, le soir

avec des juniors !!

Je l'ai bien écouté et j'ai ajouté quelques lignes à mon

texte de départ.

Enfin je clos mon récit par un épilogue.

TRANSMISSION

Qui suis je ?

Panurge ?
Un maillon de la chaîne ?
Un égoïste ?

Le temps a passé, mon esprit de l'escalier ,
mes Dys, mon ATDH, ont ralenti considérablement
mes interrogations. Je suis comme la petite de » Giù
la piazza non c'è nessuno » de Dolores PRATO(Bas
la place y'a personne) je n'ai pas retrouvé le livre
des « pourquoi » tombé dans la mer.
  J'ai suivi la tradition poussé, encouragé par une
mère qui voulait selon expression « que son fils se
case », maintenant que j'avais une situation.
Alors je me suis marié une première fois. Échec !
La seconde fois j'ai pris un peu de recul, et la
présence d'un enfant a retardé les prétendantes.
Mais j'ai trouvé une dame qui est devenue mon
épouse. Nous vivons depuis longtemps ensemble et
l'un de nous fermera les yeux de l'autre.

Ai je eu l'esprit de Panurge pour avoir suivi le troupeau ? Je peux répondre oui pour la première fois.

Ma contribution au maintien de la chaîne ?? Je perpétue notre descendance, notre nom reste vivant, pour le moment, je contribue avec deux enfants supplémentaires à maintenir le nombre d'enfants par femme en âge de procréer au seuil de 1,9, taux correct pour la vieille Europe. D'autre part je permets en ayant cotisé pendant plus de trente sept ans à la prise en charge d'une personne âgée., la solidarité, le maintien d'un système admirable légué par nos anciens. Pourtant d'aucuns, envient de capter cet héritage et d'instaurer un nouveau système désavantageux pour les cotisants (moins de remboursements, plus de cotisations) pour le seul enrichissement du privé. Ainsi je maintiens le principe de la sécurité sociale en participant par mes versements à la continuité du système que beaucoup en France voudraient voir disparaître pour la gestion par le privé !!

Ai je été égoïste en me disant mes enfants surviendrons à mes, à nos besoins ??

Ma réponse ne supporte aucune hésitation, je n'ai pas songé à ce problème, à l'incidence de la venue dans notre foyer de nos enfants.

Lorsque l'on est amoureux, les questions ne se posent pas, on s'aime. Le temps des après arrivera toujours assez tôt. Nous n'avons pas eu d'enfants pour assurer nos vieux jours, mais pour donner le trop plein d'amour que nous n'avons pas eu.

La raison du cœur l'a toujours emporté chez moi, jamais je ne l'ai regrété. Je ne calcule pas, je fonce et si je me fracasse le crane, tant pis, j'assume.

Pour le moment même si nos droits reculent régulièrement nous ne sommes pas encore descendu aux niveau du tiers monde ?? (encore que lorsque je longe le périphérique je me pose la question) pour avoir des enfants qui nourriront les parents.

D'autres voulurent planifier, sélectionner..même Einstein a eu un fils handicapé.

Je songe avec tristesse à un passé récent où un caporal aidé, hélas par des industriels fabricants d'armes et de canons permirent l'avènement d'un sinistre personnage d'une part et d'amasser énormément d'argent d'autre part. Les morts ?? Priez pour eux !!

D'autres pensent au risque de voir la disparition de la vielle Europe, débordée, assimilée, phagocytée par des arrivants de l'Orient le coran dans une main ct le sabre pour décapiter dans l'autre main.

J'ai lu un livre édifiant, publié par Boualem SANSAl que l'on ne peut accuser de ne pas savoir de quoi il parle dans son admirable livre.

Gouverner au nom d'Allah. Bien documenté il explique la main mise des « religieux » qui appliquent, le coran pour eux même et à leur profit. Après l'avoir lu et relu, je redoute l'avenir. Ce petit mot qui remonte de la nuit des temps « blasphème », autorise tous les crimes, les plus odieux.

Comment allons nous résoudre ce problème, et nos intéllectuels où sont ils ?

Je m'emporte, aussi je reviens à la sélection.

La sélection, pour moi, je m'abstiens ?? et d'autres s'emparent de la question et forment des armées de crétins qui décident de tout ?? Religieux ou non ? Utopie, errements de mon esprit ? Pessimiste ? Ineptie ? Je reste vigilant.

J'ai voulu changer la façon d'élever nos garçons. Pas de taloches, pas de privations, pas question d'aller se coucher sans avoir eu à manger !! Nous, nous avons

«été dressés », et l'appélation « centre de redressement »n'est pas innocente.

Mais des câlins, des histoires ; des cadeaux sous le sapin que les résultats scolaires soient favorables ou non.

Interdiction de parler scolarité à table, j'ai décrété la trêve permanente.

Que je n'ai jamais râlé ?? bien sur que oui, j'ai même haussé le ton. Ensuite j'ai essayé d'expliquer pour résoudre le problème.

Autant j'ai pu influer sur la façon d'éduquer les enfants, en ne les faisant pas baptiser, pour qu'ils puissent éventuellement choisir, autant pour la transmission des gènes je n'ai pas pu intervenir. J'allais oublier ce défaut, ce problème que je retrouve chez mes garçons.

 Pour moi il s'agit d'un très gros mot, il comporte cinq syllabes, soit trois de trop. Je prétends n'utiliser que les mots de deux syllabes, les autres relèvent de la catégorie gros mots.

Je me lance : Procrastination !!

Citer des exemples serait fastidieux, soporifique, et je ne pourrais fournir qu'une liste in-exhaustive.

 Je constate sans commenter, ayant bien trop peur d'entamer une discussion où je n'aurai pas raison ; donc je me tiens coi.

Pourtant chafouin en diable, j'ose avancer ce petit mot correct, trois syllabes à peine : acrasie !!

  Que de report se font en ton nom, les actes simples comme pour moi attaquer la plomberie, changer un joint !!! Philosophie, handicap, paresse, incapacité ??Toutes les raisons invoquées ne résolvent pas le problème !!

Il arrive que dos au mur il devienne impossible de différer, de tergiverser, et sauf à se résoudre à effectuer le travail soi même, il faut appeler à l'aide ou être fortement pénaliser dans le cadre de la scolarité, devoirs non rendus, de dossier non remplis... De date dépassée.

Enfin, je pouvais en accord avec mon épouse de décider ne n'en pas avoir.

Serai- je encore marié aujourd'hui avec la même personne?? Je n'ai pas la réponse.
Trois enfants, deux mères différentes, des similitudes entre les frères(chez nous pas de demi-frère!!), mais aussi des différences.

Mon aîné. Je souris car j'ai deux aînés !!
Il a 3 ans lorsque je déserte le domicile conjugale. Divorce, changement de fonction, déménagement en province, je suis privé de sa présence. Personne ne peut ou ne veux le conduire à mon lieu de vie.. Il viendra une fois en avion pour des grandes vacances lorsque je suis en poste à Tende.
Nous conservons de cet été de merveilleux souvenirs.
Puis je reviens en région parisienne, il viendra me voir assez régulièrement pendant cinq ans.
Ensuite personne ne m'informe.

L'éclipse durera plusieurs années.

J'ai eu un léger suivi de ses études. Gentil, indiscipliné, fait le désespoir de sa mère qui pensant bien faire, le place dans le privé. Je garde en mémoire sa remarque. Chaque lundi où il est venu me voir la semaine de collège se passe bien. Tu es allé voir ton père !!.

Ensuite, mais je le saurai après, il se retrouve seul et croise des copains pas trop recommandables.

L'amour le sauvera, et le contact sera renoué.

Il avait des difficultés à comprendre les questions, a se concentrer, le peu de confiance qu'il avait s'amenuisa.

Après avoir testé plusieurs métiers, il retourne sur les bancs de l'école, le soir formation pour adulte.

Il peut être fier de lui, il obtient son bac pro.

Il rentrera dans une grosse société où sagement il gravit les échelons.

VRP pour la société il occupe un bon poste.

Le second de mes aînés, lui a été accompagné par sa mère tout au long de sa scolarité.

Il reste lent, suit avec difficulté le cours de l'enseignant que se soit en recopiant au tableau ou en écoutant.

Il a besoin de plus de temps que les autres pour assimiler les notions nouvelles.

Mais il s'accroche, ne cède pas peut se mettre en colère contre lui même, mais fini toujours par réussir seul ou avec de l'aide.

Parcours en primaire correct avec le rugby qui lui donne un peu de confiance. Il veut briller aux yeux de son père et de son instituteur qui se trouve être son éducateur.

Le passage en seconde jusqu'à la terminale je ne peux rien en dire. Il me semble que ce n'est pas extraordinaire mais qu'il passe chaque année en classe supérieure. La discipline !! Passons.

Il obtiendra son bac, puis rentrera dans un établissement technique et pratiquera l'alternance. Admis dans une solide école à Senlis,(AFORB) il décroche son BTS Logistique et Transports de belle manière.

Mon épouse complétera mes souvenirs puisqu'elle assurera le suivi scolaire de deux garçons .

Le second de nos fils soit le troisième de mes enfants va souffrir d'avantage à l'écoleUn peu distrait, tenant difficilement en place, répondant avant d'avoir entendu ou lu la totalité de la question ou de l'énoncé, sa scolarité sera plus chaotique.

Il aime briller et parfois en cours de récréation fait tout et n'importe quoi. Heureusement son institutrice le connaît bien et nous sommes en bonne relation, puisque nous sommes voisins pendant une partie e la scolarité de notre dernier.Lui veut toujours tout faire seul et ne veux pas recevoir de conseils.

    Je lui viens au secours un soir ou deux quand je suis à la maison. Le travail à Roissy se fait sur un cycle de 12 heures 8h-20h, mais 2 ou 3 fois par semaine avec quelques samedi de permanence.

  J'écoute et lorsque le ton monte un peu trop, que mon épouse,s'agace, je viens et je m'occupe de mon garçon.

Son regard dans le vague, son air buté, ses épaules rentrées, je les connais bien.

J'ai neuf ans, sauf que lui ne recevra pas de gifles ou de coup de règle sur la tête.

  Il ne comprend pas, il n'ose plus répondre de peur de se tromper et de mal répondre à une question relativement simple.

Alors je décrète une pause ou une reprise un peu plus tard avec moi. Je ne me retourne pas je sens dans mon dos la réprobation.

  Il passera en sixième, frôle la classe d'orientation et entrera dans un centre pour se former à un métier.

Il obtient son BEP.

Mon épouse l'adressa à une orthophoniste qui lui fit travailler des textes en français pour savoir trouver les mots clefs, pour saisir les verbes important à la compréhension de l'histoire.

De son passage chez ce spécialiste il su tirer un grand bénéfice qui lui a servi pour le futur.

Il rentre dans la même société de transport grâce à son frère, mais il manque e maturité et pense plus à rire avec les autres qu'à vraiment se concentrer.

Il n'a pas réussi en apprentissage chez un plombier, ni persisté dans le transport.

C'est un rêveur qui ne pense que musique, mais refuse d'apprendre le solfège, change sans cesse d'activité, de sport, rugby, musculation, puis la moto, une petite 50cm3, se trouve de mauvais copains, se mets à fumer, reviens au rugby avec moi qui suis devenu éducateur, et nous irons en Angleterre dans le cadre d'échange.

La aussi il a un bon coup de botte mais refuse de se faire mal à l'entraînement, pensant que son don de buteur lui suffira pour assurer une place dans l'équipe.

La aussi je manque de pédagogie.

Je ne peux pas lui faire ou lui obtenir de passe droit de la part de mon collègue éducateur.

Je n'arrive pas à le convaincre de s'entrainer, pour ensuite devenir buteur.

Depuis je maitrise ; plus de : « si tu...mais quand tu auras ».

Mon mérite n'avoir jamais au grand jamais voulu que mes garçons réussissent une carrière dans le rugby ou dans tous autres domaines parce que j'avais échoué.

Je ne voulais pas qu'ils fassent des choix pour me faire plaisir, mais pour eux même.

Ensuite, petit boulot, Mac Do, mariage, raté, mais il trouve une fois encore l'excuse, mon père l'a bien fait!!divorce, galère et puis, il passe un examen et peut intégrer une école pour devenir aide-soignant.

Le déclic, il travaille et se retrouve à Meaux. Très vite il veut intégrer un bloc opératoire.

Il quitte Meaux pour une « usine » l'Hôpital de Ballenger et son bloc opératoire.

Il s'épanouit, s'accroche, curieux, gentil il s'intègre rapidement.

Pour des raisons personnelles il demande et obtient le service de REA où là encore il progresse énormément, aidé par une cadre supérieure. qui sait le diriger, le remettre sur la bonne voie.

Je suis certain que si le Covid 19 l'épargne il deviendra infirmier en sortant du rang.

De tous mes garçons il est celui qui a hérité le plus de Dys et de la ATDH. Il me suffit de le voir faire les cents pas dans la maison lorsqu'il vient nous rendre visite.

Je notais un peu plus haut, aurai je du perpétrer la lignée, et j'ai répondu : je ne sais pas.

Seulement j'ai des petits enfants, trois.

Un petit fils et une petite fille issus de mon premier mariage.

Une petite file adorable superbe, épanouie, qui a un grave défaut, elle devient triste quand elle obtient une note inférieure à 16 !!!

J'avoue ne pas l'avoir vu désolée et sombre !!

Son frère, lui se trouve à la limite des surdoués et a eu une scolarité peu évidente. Pas d'établissement apte à le recevoir et grande perte de temps pour détecter son problème.

Il s'ennuie avec les jeunes de son âge et va plus facilement vers les adultes.

Toujours en retrait isolé ne se mêle jamais aux discussions. Lis écoute de la musique, et lorsqu'il pratique un sport il est individuel. Karaté, aviron ; mais pas de foot ou de rugby, rien de collectif..

Il a besoin de ses repères, de son monde, pour se rassurer.

Enfin notre blondinet le seul de la famille, le fils du dernier de nos fils, en quelque sorte notre petit fils.
 Lui c'est un concentré de toutes mes handicaps.
 Vit au près de sa mère qui a un nouveau compagnon et une sœur, il se retrouve marginalisé par le compagnon de sa mère.
 En classe, difficultés pour rester en place, incapacité pendant de nombreux mois à écrire sur la ligne du cahier d'école.
Écriture maladroite, difficulté à se situer dans l'espace, saute partout, manifeste sa joie de cette façon pousse de petits cris.
Repette plusieurs fois de suite la même question , n'écoute pas la réponse.
A table se jette sur les plats comme si quelqu'un allait lui prendre sa nourriture, regarde ce que les autres ont dans leur assiette...
Lorsque je suis à table avec lui il se crispe, n'ose plus se toucher le nez, le front, s'essuyer la bouche avec la main......Je suis partagé entre le reprendre, demande s'il te plait et le laisser profiter de la douceur d'une maison où il a de solides pilliers pour le sécuriser, le protéger. Sa Mamie, pendant très longtepms ne pouvait se déplacer sans avoir ce petit bonhomme derrière elle.
 Pendant plus d'une année il a demandé des ballons de baudruche préalablement gonflés pour jouer, les emmener lorsqu'il va se promener dans le village,

il les garde près de son lit la nuit, et si jamais l'un d'entre eux éclate il est profondément affecté.

Quand il a cessé de se passionner pour les ballons, il a ramassé tous les escargots, vivants ou simplement les coquilles vides. Il les garde, joue avec fait des courses les rentre à l'intérieur....

Pourtant il progresse, à l'école où il va une maîtresse superbe , formidable le suit de façon individuel et il a fait d'énormes progrès.

Pour les septiques, elles sont nombreuses a considérer leur métier comme un véritable sacerdoce, pourtant elles sont moquées, méprisées, ah ces fonctionnaires toujours en vacances ou malades.

Leur récompense un élève qui revient quelques années plus tard, les remercier, maladroit mais des millions de mercis dans les yeux.

Hélas, nouvelle rentrée et changement d'institutrice !!

Comme son père et son grand-père, il a une excellente mémoire qui le sauve un peu.

Le mauvais côté, la mémoire permet de répondre à la question sans avoir à réfléchir, mais que l'on change l'ordre des facteurs ou un ou deux mots de la question et tout s'arrête.

Nous ne sommes pas capable de comprendre ce que nous lisons ou entendons, d'où la panique, les blocages.

Lui aussi répond sans attendre la fin de la question, et je le regarde faire ses devoirs avec sa grand-mère. Je retrouve la même attitude que chez ancêtres, le regard un peu vague, le front baissé et l'incapacité à répondre avec cette même peur de se tromper.

Il a besoin d'encouragement, d'amour, d'attention.

Nous devons patienter, considérer qu'il avance, plus lentement, mais qu'il réussit.

Je me souviens des lacets, je me disais jamais il ne parviendra à réussir, et nous n'avons pas eu a utiliser les scratchs en guise de fermeture, alors je me suis dit : « tu dois patienter ».

Il a trouvé la formule reproduire à l'infini le même découpage, le même assemblage pour faire une fusée à l'aide de ciseaux, de feutres, de scotch ...reproduire encore et toujours, il me surprend en réalisant des dessins où il doit recopier un modèle de façon à obtenir l'exacte symétrie du modèle.

Lorsqu'il se trouve à table ses mains sont toujours en mouvement, pour se gratter le nez, une oreille, se passer la main dans les cheveux...

Lorsqu'il jouc à un jeu de société il adore bien sur gagner mais nous essayons tous de lui inculquer la notion de savoir perdre, de jouer pour passer le temps, idem pour la fève dans les galettes...

Parfois le destin l'aide !! il doit sentir qu'il sait réussir à gagner, et sa joie éclate dans un long rire. J'ai gagné papy !! et de redemander à jouer au même jeu, à refaire une autre partie !!!

Lorsque je regarde ce petit bonhomme, je me demande vraiment si j'ai bien fait d'avoir voulu des enfants qui m'ont donné des petits enfants. Pour le moment il a la chance d'avoir des grands-parents et surtout une grand-mère et un Tonton qui le couvent, l'accompagnent sans lui passer ses caprices, le font travailler, apprendre ses leçons, refaire les exercices, lui apprennent a jouer aux échecs..... mais dans huit ans, dix ans qui sera encore là ??

 Pourra t- il bénéficier d'un suivi au près d'une ou d'un orthophoniste tout comme son père qui en tira grand bénéfice, après une année complète..
 Pourra t il bénéficier de l'aide de structures spécialisées pour atténuer son ADTH ?
 La sagesse des parents séparés permettra t elle que l'un d'eux se charge de la prise en charge de l'enfant par une institution, ce qui induit des moyens financiers.
Il devra lutter deux fois plus que les autres enfants, pour progresser, et acquérir cette maîtrise, sa confiance en lui même à ses capacités, ne plus douter, oser, entreprendre.

LES ENSEIGNANTS

Je songe à mon parcours de vie. Je n'ai pas choisi mon métier, si être fonctionnaire s'assimile à une profession.

La situation économique au début des années cinquante reste chancelante, incertaine. Nous sommes sous perfusion, le plan Marshall devrait nous permettre de redresser la situation de la France.

Déjà pointent l'antagonisme France, « ma France » chère à « mon général », qui se rebelle, anticipe le remboursement de la dette, et décide de quitter le parapluie de l'OTAN soumise au dictat des USA et du billet vert.

Tous les ouvriers sont mis à contribution, le rendement, les primes suivent. Quelque uns présentent surtout dans les mines de Lorraine qu'a trop vouloir produire, les filons vont s'épuiser rapidement avec pour conséquence du chômage, des importations de l'étranger.

Sur le plan extérieur, nous avons pris une déculottée en Indochine, les « petits hommes jaunes » que nous avons bien exploités ainsi que leurs ressources gagnent la bataille de Diên Biên Phu.

Adieu les hévéas, pour monsieur Michelin, il faudra trouver d'autres sources...pourtant chaque famille rêve de posséder une belle voiture avec quatre roues, quatre pneumatiques, cinq avec la roue de secours.

Nos militaires désœuvrées, rapatriés avec en fond de toile le scandale des piastres.

A cette époque ils se retrouvent mobilisés au Maroc, puis en Tunisie, où une fois encore les autochtones les défont à Bizerte.

Des bruits de rangers mêlés au bruit de la Casbah montent d'Algérie.

Nôtre jeunesse, les « grands » que je cotoie vont partir pour le maintien de l'ordre, et pour défendre ? De qui ? De quoi ? Les contingents augmentent, les classes prôches de la mienne ne vont plus tarder à partir.Le dernier recours, le sursis pour les études !!

Heureusement, Mon Général signe les accords d'Evian, nous sommes en mars 1962. Je termine mon année, soulagé, je n'aurai pas à me retrouver embastillé pour refuser de porter les armes.

La vie n'est pas un long fleuve tranquille et devant mes brillants résultats scolaires, je suis invité à passer des concours ou à passer des CAP, ou autres diplômes.

Surtout ne pas rester à la charge des parents.

Les effectifs scolaires explosent, la france manque d'enseignants, alors le recrutement s'opère massivement. Ceux qui vont se former à l'École d'Instituteurs recoivent un enseignement solide, actuel, alors les « anciens enseignants » venus d'Algérie sont titularisés en métropole, j'allais dire en l'état.

Tous ne sont pas mauvais, mais je garde le souvenir que tous les enseignants n'ont pas les mêmes diplômes, le même niveau.
Quelles motivations les font se lever le matin ?
Argent, fibre enseignante ? Foi ?
Entrent ils dans l' enseignement comme on entre en religion ??
La France n'a pas anticipé l'arrivée massive de nouveaux élèves. Les classes voient leurs effectifs augmenter brutalement.
L'état ne réagit pas assez rapidement et pas de la meilleure des façons.
La paix civile ne règne pas sur tout le territoire, les quarterons d'officiers, l'OAS, perpétuent encore des attentats, y compris contre De Gaulle.
On guillotine, Anasthasie reprend du service avec les grandes oreilles des R.G. et de Pierrefitte !!
La grogne s'installe, la qualité de l'enseignement baisse, les plus attentifs perçoivent déjà les bruits des pavés que l'on arrache des rues.

Trop de répression, de censure, de restrictions des droits à la liberté.

Mai 68 va marquer bien des générations, transformer la vie politique, l'enseignement.

Les accords de Grenelle vont améliorer de façon passagère les problèmes. Refonte des grilles, alignement des indices, équivalence d'une administration à une autre, recrutement, création de nouvelles catégories.

Ensuite le grignotage des avancées sociales va commencer. Les grèves ressurgissent, les enseignants redescendent dans la rue. Leur statut est menacé, d'autant que la Fédération des PTT a été supprimée.

Changement de programme, de méthodes, du globale, de la phonétique, les maths modernes à peine mis en place disparaissent. Chaque ministre veut marquer son passage.

Les enseignants subissent, les effectifs ne sont plus suffisants.

Ensuite 81 la gauche arrive au pouvoir, les espoirs renaissent.

Moment de flottement la première année, la présence de Mauroy rassure, mais …Jospin arrive, les instits perdent leurs avantages. Logement ou aide, garantie d'une retraite à 55 ans pour cause de travail à l'extérieur, récréations.

Ils auront un titre mirobolant, Professeurs des écoles, mais pas les émoluments. Comme toujours le pouvoir divise pour mieux régner.

La retraite sera désormais à 60 ans. Une longue période de cafouillage avec la cohabitation des deux statuts, instits et profs des écoles, retraites à 55 ou 60 ans.

Pas de plan établi sur une durée de 10 ans, mais des changements répétitifs, retour au syllabique... L'enseignant ne voit pas aboutir ses projets mais constate que le niveau moyen des classes baisse.

Les classes comptent de plus en plus d'élèves, les villes nouvelles drainent beaucoup trop d'élèves et l'État en profite pour éloigner les plus bruyants, du centre de Paris pour les regrouper à Grigny, à Évry, à Bobigny...

 Trop d'élèves, niveau insuffisant, et en parallèle le fameux programme qu'il faut tenir.

Les enseignants du primaire ou du secondaire ne peuvent tout réussir. Ils sont souvent héroïques, ne comptent pas leurs heures, organisent des cours de rattrapage, mais en vain. Les conditions matérielles sont totalement déficitaires.

Ensuite il faut ajouter la campagne de dénigrement systématique entreprise par une certaine presse
 qui ne cesse de matraquer en une des journaux les fonctionnaires trop bien payés, les enseignants

toujours en vacances, toujours absents, toujours
malades...pas de remplaçants..
Mais à contrario les élus vont tout faire pour
satisfaire le commerce, le développement des sports
d'hivers, l'hôtellerie, l'accueil des étrangers en
stations.
La création de zones de vacances, l'introduction du
déséquilibre dans les trimestres !!
La bataille des semaines de 5 jours ou de 4 .
Les parents d'élèves veulent se voir consulter.
Les enseignants dans tout ça ??
Le problème se résout de cette façon.
 Le conseil des ministres se réunis, et après d'âpres
discussions, le budget de l'enseignement se trouve
approuvé, par une majorité de votants qui entérinent
le montant de la somme dévolue au fonctionnement
de l'enseignement.Comme à chaque annonce du
budjet les enseignants ne peuvent que constater
dans le meilleur des cas un montant de millions
d'euros sensiblement le même que l'an dernier, mais
hélas ils grimacent en constatant un budget établi à
la baisse..
Vous avez tant de profs ou d'instits, débrouillez
vous pour recevoir tous les élèves malgré quelques
fermetures de classes ici et là, faites en sorte que la
rentrée se déroule le mieux du monde !!.

La voix de vieux adjudants de l'armée, une autre époque (ou le service militaire permettait une certaine mixité sociale) hurlant : « J'veux pas le savoir, démerdez vous » !!

Le nombre d'enseignants lui n'augmente pas, les meilleurs années il reste stable, mais les départs en retraite se produisent sans qu'ils soient remplacés.

Quand commencera t- on par compter les élèves, définir le nombre d'enseignants, le nombre de classes, limiter à moins de 25 élèves par classe.

Prévoir un volet suffisant de remplaçants, pour divers causes ; maladie, stages, autorisations d'absences statutaires, …

Enfin cesser de décréter la maternité comme maladie!!

Accorder tout le temps nécessaire pour que ces femmes puissent mettre au monde leurs enfants dans de bonne conditions.

Ne pas se calquer sur le privé qui ne rêve que d'une chose réduire à une semaine la cessation d'activité pour une mère !!

Que dire de certaines élues avides d'avoir une belle image ou la une du journal local reprennent le troisième jour après l'accouchement !!

Arrêtons les regroupement, les cartes d'écoles en fonction du lieu d'habitation, les dérogations distribuées aux « bons parents ».

Les plus riches, les plus introduits dans les préfectures, les ministères obtiennent dérogations sur dérogations. Pas question qu'un fils de cadre et encore moins de députés ou de ministres se retrouvent en Seine saint Denis au milieu de dixit un président de la République de « racaille », ou plus exactement de « caillera », il faut faire « djeune », parler comme eux, et même sacrifier à la mode du selfie.

La mixité reste valable pour les autres.

Enfin quand l'éducation nationale cessera l'orientation dès l'entrée en CP !!

Bannissons les classes en voie de garage à la fin de la cinquième !! classe d'orientation ?? vers l'ANPE.

Pourquoi n'envoyer que des enseignants sans expérience dans les quartiers sensibles ? Tu sors dans les derniers de ta promotion donc tu finis dans un no man's land. Un lieu où la loi ne s'applique pas ou peu.

 Des classes surchargées des élèves qui se lèvent au milieu du cours sortent, te font un bras d'honneur, voir te menace si tu es une femme.

Certain rêve, endoctrinés ici et là, de l'établissement de la « charia » pour toute la terre !!

Les cours de récréation reflètent la vie de la cité, les plus costauds font la loi, rackettent les plus jeunes, les moins belles, ne se privent pas pour abuser des filles.

Et qui surveille, qui veille sur l'intégrité des élèves ??

Les caméras ?? Les surveillants ? Non, eux coûtaient trop cher, alors rayés d'un coup de circulaire.

L'interdiction du téléphones??Un rêve, une utopie !!

Cessons de publier les résultats de réussite des divers établissements scolaires.

Quand dans un grands lycée, situé bien sur à Paris intra- muros, tu ne reçois que des élèves qui arrivent avec des moyennes situées à plus de 15 et que tu écrèmes tout au long de la scolarité pour avoir un taux de réussite supérieur à 95%, tu n'as pas réussi un exploit.

Mais si dans un collège ou un lycée « pourri » où terminent ceux dont personne ne veut et que tu obtient un taux de réussite plus de 50%, tu es un crack, un as, un super enseignant. Tu evrais recevoir les palmes académiques la reconnaissnce dc la nation.

Auras tu de la reconnaissance ? Non, tu ne bénéfieras que de quelques points suppémentaires pour ta prochaine mutation, si un poste qui te tente paraît sur une liste.

Pour autant la presse continuera de publier la liste des « meilleurs établissements » et le pauvre bahut du 93 ne sera pas distingué !!

Il faut mélanger les niveaux pour que les meilleurs tirent la classe vers le haut. Le têtes bien remplies apportent leur soutien au moins bons.

Des classes de plus de 15 élèves, mais pas plus de 20 ou 25. Trop peu d élèves génèrent une classe sans âme, sans émulation, triste, aphasique.

A plus de 25 le chahut s'installe, et seuls les meilleurs s'en sortent ? L'enseignant doit comme aujourd'hui pour le Covid 19 faire des choix, de carrière amener les meilleurs vers l'élitisme et tenter de faire progresser les moins bons. Chaque fin d'année les notations tombent en provenance du rectorat, l'avancement conduit les meilleurs en termes de réussite et de pourcentage de reçus vers de meilleurs postes.

A la surprenante venue de la notion de rentabilité !! Quel énarque peut se prévaloir d'établir un barrême pour quantifier le travail d'un enseignant ??

La chose me paraît aussi saugrenue que de vouloir quantifier celle du personnel soignant d'un hôpital !!

Pourtant , les fermeture des postes, de classes, de lits, de maternités se multiplient.

Dois je ajouter que les relations enseignants, personnels des mairies ne relèvent pas de la lune de miel.

Frictions au moment du dépôt de préavis de grève, requisition....

La gestion des journées de grèves, la surveillance des cantines, le budget alloué à chaque rentrée, l'entretien des classes, le financements de projets pédagogiques, les récompenses pour Noël, en fin de cycle....

Que faire pour espérer redonner goût au élèves d'apprendre ?

Ils sont lucides, amères, déçus, voir résignés..

Leur certifier qu'ils trouveront un emploi ? Que contrairement à aujourd'hui même avec un bac plus six, ou sept tu peux finir caissier au super marché du coin ou collaborateur chez Mac Do avec 800€ à la fin du mois ?

Comment redonner aux enseignants toute la place qui leur est due ?

Ne plus avoir d' enseignants qui partent la boule au ventre au travail ?

Transmettre, s'assurer que les nouvelles notions sont parfaitement assimilées.

Faire du global, deviner qui dans la classe maîtrise, qui se cache derrière les copains, qui lèvent la mains à chaque question posée pour répondre, qui interroge le voisin pour se faire souffler la réponse...puis scinder le cours en créant de petits groupes qui travailleront un point précis, puis retour au global afin de constater la compréhension de la leçon.

Les uns sont des satellites qui se tiennent à distance du cours, les autres des malins qui savent, mais ne veulent pas se retrouver isolés dans la cours de récréation pour avoir répondu à toutes les questions, pour se faire bien voir, pour devenir les chouchous, donc les têtes de turcs des chahuteurs qui régentent la vie de la classe.

Que l'éducation nationale cesse de titulariser ceux qui ne sont pas aptes à enseigner, non pas lorsqu'ils arrivent à l'école, mais avant la sortie des stages. L'équation ne se résous jamais, l'académie a titularisé tout en sachant la situation, à elle de démettre de son poste celui qu'elle a nommé. Les directeurs et les syndicalistes se refuseront toujours à trancher.

Ensuite les enseignants ne doivent pas éternellement protéger les brebis galeuses qui sont en poste.

Tolérer le retard un matin ou deux, soit, mais ne pas dénoncer, le comportement de certains.

 Insultes, coups, menaces, pressions psychologiques, attouchements, et plus si affinités ??

Certains par crainte ne dénoncent pas les trafics de drogues qui se déroulent à l'intérieur d'un établissement. Les écoles, collège, lycées ne sont plus des lieux protégés dédiés à l'apprentissage du savoir, des sciences, de la philosophie, du respect.

Le corporatisme ne peut ne doit pas tout excuser, tout tolérer.

Alors seulement retrouveront ils le respect que leurs aînés avaient.

Mais les institutions devront assurer leurs rôles, soutenir sans défaillance ceux dont la fonction consiste à enseigner, à préparer, les futurs cadres de la Nation.

Ne pas laisser l'exclusive aux lycéens issues uniquement des quartiers les plus huppés, les plus riches, les plus favorisés de la population.

Arrêtons la cooptation, les parrainages, les carnets d'adresses, les clubs privés, les chapelles, les héritages.

Les parents doivent éduquer leurs enfants, leur apprendre ou réapprendre les règles essentielles de politesse, de respect. Les parents, les grands frères ne doivent plus se rendre à l'école pour taper un instituteur, une ou un professeur.

Il est inconcevable de voir dans la rubrique faits divers un enseignant tabassé par des élèves, ou un père ou..

Depuis longtemps chacun sait qu'un mineur qui va casser « la gueule » à un prof ne risque rien !! Pire, il devient le (cacou) le personnage important de la cour de récréation!!hélas.

Dés lors les enseignants se consacreront à transmettre le savoir aux élèves, à leur ouvrir l'esprit, leur apprendre à réfléchir, avancer les arguments pour convaincre plutôt que de taper sur celui qui ne partage pas le même avis qu'eux.
Adapter les programmes en rendant facultatives certaines matières selon la filière ?
Mettre sur un pied d'égalité TOUS les profs, ne pas snober le prof de musique ou de dessin voir même le prof de sports(malgré une année d'étude supplémentaire pour acquérir des notions de psy ...), la France n'a jamais brillé par l'enseignement en autre de l'histoire de l'art.
Le bourgeois gentilhomme reste toujours aussi actuel !!
On a décrété la fête de la musique, l'enseignement du solfège, de l'histoire de la musique où se déroulent-ils ?
En dehors des écoles, des collèges...

Qu'enfin toute la vérité soit faite sur les horreurs de la grande guerre, les tranchées, les officiers justes bon à faire monter au front de pauvres gens avinés, alcoolisés et leur promettre de les fusiller s'ils venaient à reculer. Et pour être certain d'avoir bien été compris , une poignée de rebelles mouraient pour l'exemple et le maintien de l'ordre !!

Bien droit dans son pantalon garance, visible à des kilomètres, mais ayant fait la fortune d'un drapier !!
Que l'État affirme définitivement le principe de
LAÏCITE !!
et dans toute la France.
La situation de l'Alsace et de la Moselle, qui bénéficient du Concordat de 1801, clergé payé par l'État, Evêques dorlotés, il faut bouter le protestantisme hors les murs de la cité !!. Il me semble me souvenir d'un article du Canard enchaîné où 60 postes d'enseignant destinés au Public furent affectés au établissement religieux de l'Alsace !!
Il faudrait également clore le chapitre des écoles privées qui fleurissaient naguère dans l'Ouest de la France, où le nombre d'élèves scolarisés chez les curés augmente nonobstant les affaires.
Je me suis glissé depuis quelques jours de confinement dans la lecture de L'Eglantine et le muguet de madame Danielle SALLENAVE.
A trop vouloir restaurer, sauver toutes les églises, les cathédrales, ressortir les processions, les chasses, les bannières, la laïcité terminera en enfer.
Cette complaisance face à la religion, donna l'occasion de voir émerger, grandir, s'agrandir nombres d'établissements religieux, autres que catholiques.

Chaque religion a demandé, imposé ses enseignements, ses programmes, son enseignants, avec la « bénédiction » des gouvernements successifs, gauche comprise !!

Les écoles Judaïques financées par qui ?? L'octroi de vacances supplémentaires pour nombre de fêtes religieuses.....

Longtemps invisibles, de la vie quotidienne, les religieux de confessions hébraïques, leurs grands chapeaux, leurs tresses pendantes...leurs … s'affichent, de façon ostentatoire sur les trottoirs, dans les rues, les quartiers.

Je pense que la présence de quelques ministres importants se montrant à la télévision la tête recouverte de la kippa, a donner l'absolution à cette religion et à ses écoles...

Des villes nouvelles comme Sarcelles, Créteil, se distinguent par une (concentration), je veux dire le regroupement de croyants hibraïques, il suffit de se promener un samedi matin pour être édifié.

Vinrent ensuite les écoles coraniques...
Qui paye ? Qui décide ? Qui accorde les autorisation ?

Quels sont les États qui prêchent(et pas uniquement dans le désert!!) encouragent fortement le prosélytisme à tous les échelons de la sociétés.

Ce qui induit la construction de mosquées, les diverses formes de provocations menées par de très fraîches convaincues, plus intégristes que les intégristes.

A l'école les mêmes causes produisent les mêmes effets!!

Longtemps invisibles, l'arrivée de l'Islam mais surtout de l'Islamisation et des islamistes,

Jeunes filles arrivant voilées, refus d'ôter leur voile, de subir la mixité, refus de fêter Noël, célébration on ne peu plus païenne depuis des lustres et des lustres !!

Que font les enseignants, ils regardent, se réunissent discutent espérant des consignes claires et nettes qui n'arrivent jamais.

De bonnes associations interviennent ajoutant de la confusion à la situation ambiante.

L'enseignement par l'entremise des ministres et autres Présidents de la Répabliques navigue à vue.

Décisions prises à l'emporte pièces, données contradictoires, deux pas en avant, trois en arrière...

Les syndicats montent aux créneaux, les actions se multiplient, les grèves, le droit de retrait, tous les arguments sont bons.

Les bonnes associations montent au créneaux, au nom de la dignité humaine, des droits de l'homme !!

Je me souviens avec délectation du livre écrit par Isabelle SAPORTA :

Un si joli petit monde
Dans l'arrière-boutique de l'autre gauche et des
altermondialistes.édifiants, tous ces braves
personnes plus occupées à passer à la télé non pas
sur FR3, mais sur la Antenne 2 et espérer, rêver
de la UNE et de son J.T. !!
Réussir à débaucher quelques noms illustres quitte à
les piéger !!!
Voici aussi le quotidien des enseignants.

L'argent permet tout et ceux qui, disposant de
sommes colossales arrivées des Émirats, des
Salafistes, pour garder et instruire les enfants
musulmans pratiquant l'Islam, peuvent ouvrir des
classes, recevoir les enfants, les nourrir de viandes
casher.
Qui trouve son contentement dans la pratique de
l'égorgement des animaux ?? Le grand mufti de
Paris qui perçoit une redevance pour chaque animal
égorgé.
Ententont des voix s'élever contre ces pratiques
barbares, riruelles ? Où sont les protestataires
prompt à démollir la vitrine d'un boucher ??
L'image de AEI, de DAECH en ressort même
grandie !!

Grace à eux, les Islamistes tueurs, donnent pour que les enfants musulmans reçoivent des subsides !! faisant oublier les exactions commises en Syrie, et ailleurs et parfois même par de bonnes et bons petits français convertis de la veille, mais qui veulent donner des gages de leur obéissance à je ne sais qui.

Face à ce phénomène l'Éducation Nationale tarde à réagir.

Ensuite des ponts existent entre les enseignants et les parents, sous la forme de création d'association de parents d'élèves.

Deux forces principales s'opposent. La FCPE et la PEEP.

Deux styles, deux tendances.

La FCPE, fortement influencée par par les idées dites de gauche. La PEEP, plus à droite ou moins à gauche selon la façon de considérer la situation. Elles jouent un rôle essentiellement consultatif, assistent au conseil de classe, où là encore, la ou le président de séance possède une voix qui compte double. Visite de cantines, non sans avoir prévenu !! Discuter de moyenne reviens à vouoir résoudre la quadrature du cercle !!

Rien n'a changé, le français, le latin, les mathématiques. Les autres matières arrivent ensuite, avec prééminence, à l'histoire, la géographie, les langues.

Enfin, la musique, le sport.

Le problème, ne sont réellement retenues pour calculer la moyenne que les matières réputées importantes, mathématiques, français avec ou sans latin, histoire et géographie et langue.

L'élève bon en musique, en art plastique en EPS, se trouve lésé. La logique voudrait que soient totalisés l'ensemble des notes de toutes les matières enseignées et que la moyenne se calcule de cette façon ?

Chaque professeur donne son commentaire et sa note. Petit tour de table pour entendre la FCPE protester, et la PEEP, souvent s'abstenir.

Les deux représentants de la classe jouent les muets et donneront aux copains leur moyenne et les commentaires.

J'avoue m'être fait « traiter de syndicaliste » au cours d'une soirée de conseil de classe. Notre association n'est pas politique!!fermez le ban.

Pourquoi ces quelques vers me reviennent t-ils en mémoires :

Le moindre solécisme en conduite vous irrite

Mais vous en faites,vous, d'étranges en conduite .

A mémoire, et je dis Molière, les femmes savantes !!

Fatigué, j'ai,pourtant assisté plusieurs années au conseils de classe, refusant de siéger, pour mes enfants, contrairement à plus de 95% des représentants, qui abandonnaient dès la fin du cycle de leur rejettons !!

J'allais omettre les redoublements !!

Rarement, compris, des parents, qui se voyent marqués au fer rouge!! »Comment ton enfant redouble !! ».

Le drame, la honte des repas de famille ou avec les amis.

Souvent justifiés, négociés toujours, un redoublement ne devrait pas être reçu pour l'élève qui va redoubler comme une punition infamante qui va rejaillir sur ses parents.

Expliquer gentiment sans utiliser de formule négative, qu'un redoublement bien pratiqué ne pourra qu'apporter l'élan, le souffle supplémentaire pour gravir les étapes suivantes, et se retrouver à un bon niveau.

Seulement l'enfant reste dans le même établissement, avec le même enseignant et s'il n'accroche pas avec cet instituteur ou ce professeur, il va perdre une année, à ne rien faire ou presque.

Il va souvent entendre que pour un redoublant, ses résultats ne sont pas à la hauteur. Mais le commentaire s'avère parfois souvent plus lapidaire !! Ne fais rien, perturbe la classe, dissipe ses camarades...

Il manque certainement une structure pour aider, encourager, motiver les redoublants quelques soit la classe, le cycle.

Il faut aussi admettre que les enseignants s'épuisent plus en pratiquant la discipline qu'en dispensant leur cours.
Souvent la punition, l'exclusion arrivent rapidement.
Plus l'âge de l'indiscipliné augmentent, plus l'exclusion est prononcée.
A regrouper une partie de la population défavorisée, surgissent les ghettos, et leurs conséquences, dégradations, injures, invectives, agressions...
In fine, les forces répressives sont envoyées pour rétablir l'ordre.
Une remarque lue dans un journal.

Les français vous ne savez que punir, réprimer, emprisonner.
Chez nous, nous ne disons pas : » il y a 15% de mauvais conducteurs, mais 85% de nos automobilistes se comportent bien et nous les récompensons ».

Votre système reste répressif et n'a pas évoluer depuis le 18° siècles. Les prisons restent rondes avec beaucoup de miradors et 100 places pour 180 personnes !!

Je repense à

Michel FOUCAULT et à son ouvrage : »Surveiller et punir ».

Pour la scolarité, il faut revoir l'équilibre, ne pas permettre la ségrégation sociale.
Recruter, former mieux encore ceux qui vont transmettre le savoir.
Ne pas céder aux profits, à l'idée de rentabilité.
N'a t- on pas lu dans les années quatre vingt la tentative de donner au départements et aux régions le soins de recruter et de payer les enseignants !!
Imaginez Rhône Alpes, l'Alsace, la région Champenoise « acheter » les meilleurs éléments grâce aux vins, à l'industrie chimique prospère, et le Centre, La Creuse, la Corrèze, se contenter des « restes » !!
Plane encore la télé-enseignement, et avec les effets, les scories du Covid 19 ????
Je passe sous silence le cafouillage du nouveau baccalauréat qui de réforme en réforme de Cronavirus en Covid 19 va enfanter des lauréats du niveau de ceux   de la feu année 1968 !!
Les temps évoluent, mais pas en notre faveur. La France, mère des lettres, des arts..le français comme langue dans pratiquement toute l'Europe des tsars de Russie, à l'Inde et dans la diplomatie n'a pas vu

arriver l'industrialisation Anglo-saxonne et
l'utilisation de la langue anglaise.

Heureusement il nous reste le discoursen français
lors de l'ouverture des jeux olympique, et l'escrime,
j'ai un doute pour les concours complets en
hippisme.
Quelle sera l'image de nôtre école dans dix,
vingt..ans ?
 Sera t-elle encore publique et obligatoire ?
 L'obligation d'aller en cours jusqu'à 16 ans pour des
questions de chiffre du chômage ?
Le nombre d'enfants diminuant comme la
population dans les grandes villes, conservera t-on
autant d'enseignants pour une meilleure qualité, ou
seront nous d'avantage porté sur le rendement ??
Le recrutement ? Les mutations ? Les
rapprochements de conjoints ? Les fermetures de
classes ?
Toujours plus d'informatique, la numérisation totale
des livres, des dictionnaires et encyclopédies, de la
presse ?
L'après Covid 19 ? Chance nouvelle de refonder nos
institutions, nôtre enseignement ? De choisir le
peuple contre l'industrie, le profit, et se reposer la
question de l'U.E. Qui ne fonctionne toujours pas.
Cacophonie, distension entre les Etats(majeurs),
absence de politique COMMUNE, de convergence,

en finir avec les LOBBIES qui dirigent, décident, au seul profit du grand capitalisme.
Si nos gouvernants avaient un peu de lucidité, ils DEMISSIONNERAIENT TOUS.
Recruter des enseignants, des fonctionnaires pour restaurer le liant entre les habitants, leur institutions, rouvrir, les maternités, les petits commerces, dire non aux nouvelles grandes surfaces, ne plus construire denouveaux logements individuels ou collectifs, avant d'avoir rempli les logements VIDES.
De l'écologie, oui, mais sans dérogations.
Je rêve d'une chose, la disparition des PESTICIDES, et si ce n'est pas trop demander ..

de la FNSEA et de la SAFER, des COOPERATIVES, et autres INAO....
Ne plus produire pour produire.Respecter la TERRE

Je rêve que demain, l'école publique et laïque, puisse offrir le choix de l'enseignement.
Etudier dans les livres, suivre des cours magistraux, travailler seul ensuite, je n'ai jamais su le faire, et j'ai assisté à ne nombreuses noyades, de lycéens non préparés à la facultés, à acheter les polycopiés, à travailler seul, à devoir surnager, entre les locations, le CROUS, les amphithéâtres, les partielles...

Je n'ai jamais été et je ne serai jamais un premier de cordée, je manque sûrement de confiance en moi. Je n'ai pas l'ambition je préfère glisser mes pas dans la trace de l'autre, suivre, répéter, mais avancer en sécurité.Apprendre au contact d'un mentor, d'un tuteur l'appélation importe peu, mais la présence, la sécurité offerte par ce guide m'a permis de progresser, lentement, mais sûrement.

Observer, retenir, prendre , au besoin même voler le savoir, les connaissaces de l'autre, sans jamais oublier vôtre reconnaissance, vôtre gratitude.

Tout au long de ma scolarité je n'ai jamais trouvé ce soutien. En dehors d'avoir de riches parents pour vous payer des cours particuliers aucune structure n'existaient.

Heureusement dans ma vie professionnelle, après avoir compris que je n'aimais pas commander aux autres et encore moins être commandé, j'ai bénéficié de la bonté, de la mansuétude, du dévouement de certains mais surtout de certaines de mes camarades.

Aujourd'hui, encore, je me félicite d'avoir croisé, une Claudine, qui me donnat le petit coup de pied au cul!!pour déclencher le goût de l'effort, de la réussite, de la ténacité, du plaisir de réussir, d'acquérir de la confiance, un peu de considération des autres, de la hiérarchie.

Guy soit remercié tu m'as donné la méthode, pour réaliser ce que toi tu n'avais pas toujours envie de faire, les objectifs, n'entraient pas dans ta phisophie, mais jamais tu ne m'as refusé un coup de main, voir plus.

Et toi aussi, Martine, qui m'a supporté et ne m'a jamais donné la réponse à la question posée, mais prié de regarder dans tel RP, tel chapitre ou notes de chapitre.

J'ai râlé, mais j'ai avancé, et je n'ai rien oublié et surtout lorsque j'ai rangé une dernière fois mon tarif, j'ai donné mes cahiers où j'avais noté, les BOD, les classements à un collègue que j'appréciais vraiment.

J'ai bouclé la boucle.

J'ai besoin de temps pour enregistrer, digérer, assimiler mes nouvelles acquisitions. La présence d'un tuteur, d'un guide me permets de poser mes questions, de tenter de résoudre et lorsque je me trompe, je n'encoure pas de sanctions, je recommence, une fois deux fois, autant qu'il le faut pour réussir.

J'ai lacquisition par l'exemple, l'oralité; la pratique. Les livres me rebuttent.

Tout se positionne correctement dans mon cerveau et d'une fois bien mécanisé je peux passer à l'étape suivante.

Pour écrire j'ai le même problème, je peux rédiger un texte assez long en quelques heures et devoir passer plusieurs mois à le peaufiner, le reprendre, le réécrire, voir à l'abandonner.
Je peux butter des semaines sur le début de mon texte, et soudain, parfois des années plus tard, eureka !! Je suis comme tout le monde, normal !!

Si le Corona virus peut amener ce grand chambardement, il n'aura pas été totalement inutile et les gilets jaunes seront remisés aux musées.
Dans tous les autres cas, le populisme va resurgir et son spectre va peser lourd, très lourd .
L'école risque de payer un lourd tribut, comme tous ce qui concerne les bibliothèques, les musées, les théâtres....
Les dyslexiques, subiront peut être même le mépris, je n'ose écrire le bannissement dans la nouvelle école, si ??? les choix commencent par remettre les grands de l'industrie rapidement en état de marche et de reprendre les shémas antérieurs, au lieu d'élaborer un plan décénale pour reconstruire notre école,   PUBLIQUE et LAÏÏQUE.

Qu'il me soit permis de prier les décideurs d'aménager des classes, des espaces, de donner du temps supplémentaires aux élèves » handicapés ».

DYS, TADH, sans oublier les Autistes, qui réclamanet plus de suivi, d'attention, d'enseignants formés, spécialisés, donc un budjet en hausse pour solutionner les cas particuliers dont personne ne veut entendre parler.
Derrière chaque bonne bouille d'enfant, se dissimulent des larmes de la souffrance, de l'angoisse, de l'enfant et de ses parents.
Leurs questions demeurent les mêmes, quel avenir si nous nous retrouvons au chômage, si nous devons quitter un établissement qui accueille notre enfant, devront nous les inscrire dans un autre pays, Belgique ? Luxembourg ?
Lorsque l'enseignant obtiendra sa mutation sera t- il remplacé, par un autre enseignant, formé, qualifié, compétent ?

Les cassiques vont devoir se réformer ou se démettre, se saborder.

Allons nous vers un siècle religieux ?
Mon dieu pourvu que non ; foi d' apostasiaque !!

LE VIEUX MONSIEUR AUX BALLONS

Il m'arrive souvent de repenser aux enfants, aux petits enfants à leurs difficultés dans la vie, à ma responsabilité.

Malgré les années, je souffre de l'ATDH, j'ai besoin de me dépenser, de m'épuiser physiquement. Depuis quelques années je migre en Lorraine au pays de mon épouse, pour me transformer en bûcheron !! dès les premiers frimas, les dernières feuilles tombées de feuillus autres que chênes et faillards.(Je vous aime, bûcherons...Salut Émile) Je me lève aux aurores pour me préparer un solide petit déjeuner, après avoir expédié les travaux ménagers, lit, vaisselles et vidé les cendriers des deux poêles à bois, refais le plein de bûches, pris une rapide douche, je remplis mon sac à dos. Les gants, le bonnet pour résister à la bise venue de l'Est, le petit ustensile pour protéger les oreilles du bruit de la tronçonneuse, les lunettes. Ensuite je fais couler le café que je verse dans ma thermos, ébouillantée au préalable pour que le café reste bien chaud.

Je referme, glisse la thermos dans mon sac, ajoute un paquet de kleenex sans oublier quelques feuilles de PQ !!

Alors je me glisse dans mon pantalon de sécurité propre à arrêter la chaîne de la tronçonneuse, et préserver mon intégrité physique. Je chausse mes bottes d'un bel orange pour ne pas devoir rentrer à cloche pied !!

J'avoue snober le casque!! je ne passe pas sous les chênes qui vous gratifient aisément des branches mortes ou cassées par un autre arbre abattu un peu plus tôt. Depuis l'apparition et l'invasion des chenilles processionnaires je trouve qu'ils ont perdu de leur majesté, de leur manificence.

SAINT LOUIS serait bien mari de ne plus pouvoir rendre sa justice à l'imbre d'un magnifique chêne, sauf à devoir se gratter et souffrirde démangeaisons, horribles.

Ensuite je glisse un ou deux coins, de l'huile pour la chaîne, du carburant pour la matinée ou l'après-midi, selon le moment, et je prépare ma tronçonneuse dont j'ai affîîtée la chaînc la veille, m'assure que le protège guide se trouve en place, et attrape mon vieux merlin et la baguette magique d'un mètre de long pour couper le tronc de l'arbre abattu en billons.

Je charge les feux pour qu'à mon retour je sois au chaud, la sensation d'être attendu, d'avoir quelqu'un qui veille sur mon confort malgré ma solitude.
Bien venu à la maison, réchauffe toi, et profite de la douceur pour te restaurer.
Deux cas se présentent ensuite.
Mon binôme vient me chercher et tout mon attirail prends place dans le coffre de sa « rolls ». Je le salue et à ma question : »ça va ? », il me répond toujours : « oui, va ».
Je suis seul pour aller couper ou stérer, mon barda se retrouve dans le coffre de ma voiture, la destination, le bois, la coupe, où j'arrive après un quart d'heure de marche.

Je suis heureux je vais pouvoir dépenser mon trop plein d'énergie!!pendant plus de trois heures.
C'est vital pour moi.

Lorsque je ne peux aller en Lorraine et que la coupe n'est plus qu'un souvenir, que j'ai aidé mon compagnon de bûcheronnage à terminer la sienne, je rentre, emportant avec moi les senteurs du sous bois de la mousse, la caresse du vent.
 Rapidement je tourne en rond, je me heurte à l'inactivité.

Mon cerveau s' emballe, je passe d'une idée à une autre, je commence mille choses sans jamais toutes les finir parce qu'entre temps une autre urgence m'est apparue.

Je voudrais réaliser des milliers choses, sans devoir choisir.

Aussi javais décidé de sortir pour aller me promener en forêt !! c'était avant l'arrivée du Covid 19 !!

Je suis un mauvais marcheur, enfin, un promeneur nul. Je m'explique, j'ai toujours dans ma tête de vieux sportif un chronomètre et je ne sais qu'aller le plus vite possible d'un point à un autre.

Les vrais marcheurs contrairement à moi voit ce qui les entoure, moi je regarde mais je ne vois pas.

Donc j'allais grand train heureux de pouvoir me dépenser un peu après avoir regardé tomber la pluie des heures durant.

J'évitais les plus grosses flaques, les trous suspects, parfois je stoppais pour scruter attentivement un coin favorable à la pousse de champignons, avant de repartir de plus belle.

Notre cerveau s'amuse de nous, le mien vit surgir une première fleur, jaune sur une lande de bruyère fleurie d'un somptueux mauve pour rehausser la monotonie de la palette, puis un grand carré blanc, se balançait sous la bise légère de la fin de matinée.

Je n'avais pas reconnu immédiatement la potentille, mais j'ai crié et sauté de joie : « la linaigrette », au bout de la tige se balançait souplement, silencieusement de belles chevelures cotonneuses. Un lac blanc s'étalait devant mes yeux ébahis, un moutonnement laiteux, silencieux,seulement agitée par de simples risées en surface..

Immédiatement l'enchaînement se produit comme pour : « J'en ait marre, marabout, bout d'ficelle... » Queyras, Mont Dauphin, Ristolas, Ceillac, Saint Véran, le Pain de sucre, le Mont Viso, les prairies herbeuses où un tapis d'Edelweiss surprenant, improbable, s'offrait à mon regard. J'étais tombé à genoux, incrédule, pour toucher la douceur de la fleur duveteuse, admirer ses six corymbes ? Me semble t-il.

Pourtant je n'en ai cueilli aucune, ou selon la consigne cinq maximum !!

Mais pourquoi, après quelques minutes le bouquet offre un spectacle piteux, les tiges ploient, se ramollisssent, les corolles pendent misérablement, tu n'as pas envi de garder le bouquet. Au besoin tu glisses ton edelweiss dans ton Delachaux et Nieslé, ne pas omettre le **i** ou un sympathique fleurs des Alpages, oùil sèchera tranquillement..

Ensuite les soldanelles oscillaient sur leur tige, clochettes aériennes silencieuses, échappées d'une chartreuse de parme ?,lampadaires mauves pales, pour illuminer les sentiers des promenades nocturnes des marmottes, des perdrix blanches.. des blanchons s'ils s'en trouvent en ces lieux. Je sentais encore la morsure de l'air vif à cette altitude plus de deux mille mètres, sur mes joues, le menton. La sueur collait au tissus du sac à dos, mais bon sang que je jouissais de ce moment.Un milan ou peut être un aigle royal, planait au firmament, ses ailes déployées, immobiles , rémiges serrées, alignées, ses rectrices légèrement relevées pour lui assurer un vol sans effort, une stabilité, un silence dans l'azur du ciel. Indifférent il passait de France en Italie en toute indifférence, libre, impérial.
Le trajet en distance je l'ai parcouru à minima deux fois, montant redescendant, courant, sautant défoulant mon ADTH !!! éffrayant les marmottes et marmottons sur mon passage.

Me suis je remis à marcher à l'appel des sommets ?? L'ivresse de l'altitude ?

 Depuis combien de temps j'allais ainsi poursuivant ce sentier mille fois parcouru.

Mes chaussures en savaient tous les pièges les méandres, les aspérités, les plus gros cailloux, les passages étroits, les moments ou baisser la tête pour ne pas heurter une branche basse.

Mon esprit vagabondait, je progressais les yeux fermés ou du moins en rupture totale avec le cerveau. Je suis certain que le mes neurones ignoraient les synapses.

Je rêvassais, m'imaginais loin au Pôle Nord à espérer des aurores boréales, que mon frère et une nièce avaient eu la chance de contempler.

Les volutes vertes, les vents soutenus, un décor en mouvement, toutes les nuances de vert, de bleu inondaient mes yeux, me soulevaient je nageais dans un océan de couleurs me grisant de la palette d'un peintre un peu fou, étalant généreusement en grands aplats tout le spectre de l'arc en ciel.

Je dévorais de toutes mes pupilles cette belle chevelure d'une jeune femme, cheveux longs, couleur perroquet de comptoir, flottant sur l'horizon de ma rêverie. Je l'ai reconnue au premier regard, ses yeux noisettes, son sourire rieur et moqueur.

Soudain je ressentis un choc!!je venais de percuter une vieux monsieur, je veux dire un homme encore plus âgé que moi.

Surpris je bredouillais quelques excuses pour tenter d'expliquer ma conduite.

Ne vous excusez pas je vous ai vu arriver les épaules rentrées, marchant rapidement la tête baissée sans que vous sembliez vous préoccuper de votre environnement. Vous aviez une allure de jeune homme.

Je pensais m'être suffisamment écarté pour permettre votre passage sans heurt, mais je ne sais pourquoi vous avez fait un écart au dernier moment. J'ai regardé un peu mieux ce personnage, vêtu d'habits exotiques , d'un chapeau haut de forme, d'une chemise bariolée, d'un nœud papillon et de chaussures larges noires,ornées de deux bandes jaunes et de jolis lacets bleus sur lesquelles tombait un pantalon taillé pour deux personnes tellement il flottait.

Les carreaux du tissu vert et jaunes lui donnaient un air de clown fou, amoureux des couleurs de la Seleção.

Mes yeux se décillèrent totalement quand j'aperçus tenus par sa main gauche une multitude de ballons de baudruche de toutes les couleurs ??

« Vous vous êtes perdus ?? Vos copains du cirque vous ont abandonné ? ».

« Non pas du tout, je vais ainsi de village en village, je discute avec ceux qui me saluent et me parlent. Je leur dit que je peux leur supprimer leur soucis, leurs angoisses. Pour cela il suffit qu'ils me les confient.

A votre tête je vois que vous me prenez pour un fou et que soit vous allez me tourner le dos dans le meilleur des cas soit m'assommer prestement en me traitant de satyre et menacer de me faire embastiller par le premier pandore venu. Je suis habitué, la méfiance, la haine remplacent la convivialité, la politesse, la curiosité, le bon sens.

L'étranger, l'étrange, perturbent, dérangent, engendrent de violentes réactions.

La peur de l'autre de l' inconnu renvoient aux peurs ancestrales..

Je vous explique, je demande seulement aux personnes de ramener dans leur bouches , les soucis, les ennuis et ensuite de choisir un ballon et de souffler très fort pour transférer leurs problèmes longuement remâchés, ruminés en les expectorant dans la baudruche .

Il me les redonne, j 'insuffle alors un petit coup de bombe d'azote pour gonfler l'enveloppe, je noue très vite avec un cordon, j'attache une ficelle et au besoin je note, un prénom, un mot une maladie, divorce, chômage, ...

Et ensuite je garde le ballon pour le ou les lâcher en un lieu secret connu uniquement de moi pour les libérer. Le courant d'air est si puissant que les ballons montent tout droit et très vite et disparaissent de nôtre vue, de nôtre vie, emportant nos soucis.

Voulez vous essayer ? »

« Oui pour vous faire plaisir ». Je me concentre, je ramène mes DYS, ceux de mes enfants, et pour chacun de nous je gonfle un ballon. Je note les prénoms et les rends au vieux monsieur qui les fait gonfler.

Soudain une explosion se produit, mes yeux se ferment je me jette à terre.

Rien je me relève , je reprends mes esprits, je regarde l'endroit où se tenait le vieux monsieur.

Seul, je suis seul!!Où est passé ce personnage, mon imagination m'a égaré. Je deviens fou, encore un mauvais rêve éveillé. Un coup de PENNAC, après avoir lu sa - Loi du rêveur- je me recule d'un pas scrute le sol dans l'espoir de découvrir les traces de pieds, d'un indice de présence.

Un sol vierge de tout passage.

Dépité je fais demi tour en râlant de belle manière.
Je me fige, pétrifié, ma respiration cesse d'un coup,
mes yeux sortent de leur orbite.
  Là devant moi, accrochés aux branches d'un
buisson quatre ballons se dandinent sous le souffle
du vent, me narguent, se moquent, ricannent,
grimacent muettement.
Je m'avance, je veux les toucher pour croire à leur
réalité, je vais devenir fou, ils sont réels,je dénoue la
ficelle du premier, du deuxième, du troisième et
voulant détacher le dernier, j'ouvre la main !!
Les quatre baudruches m'échappent, comme
lorsqu' enfant quand je ne faisais pas attention.
Je les regarde monter et disparaître de ma vue de
mon imagination ??
Je suis triste, mes soucis s'élèveront ils assez haut
pour ne plus revenir encombrer mon esprit ??
Qui voudra bien croire une telle histoire ??

Tu sais quoi, l'autre vieux fou qui habite dans la
village et qui se promène toujours avec son panier
pour les commissions, tu ne devineras jamais ce
qu'il a voulu me faire croire....

Je ne suis absolument, totalement inconnu et ceux
qui me liront peut être, voudront bien considérer
que j' ai parlé de ma famille uniquement dans le but
d'illustrer mes propos. D'ailleurs je n'utilise pas de
prénom, parfois seulement un lieu géographique.
Je suis pleinement conscient que je ne suis une star
qui va « étaler » sa vie personnelle à la une de
quelques journaux ?? feuilles de choux pour le plus
grand bonheur, bénéfice d'un patron de??presse ??.

Dépourvu d'imagination, je me suis contenté de
relater des faits avérés.

GYM

EPILOGUE

Mon petit fils aimé,

Il se peut que lorsque tu liras ces quelques pages, je ne sois plus de ce monde.
Je t'ai souvent dit, mais peut être pas suffisamment que je t'aimais.
 A la question que je me suis posée aurai je du avoir de la descendance à que je t'ai transmise, mes DYS, je réponds :
« OUI ».

Si mon livre a été édité, je serai parvenu malgré mes handicaps à faire aboutir ce projet.

Tu pourras t'en inspirer et prouver que tu   as les moyens de vaincre les difficultés que tu vas rencontrer. Tombe amoureux de la lecture, des livres, tu connaîtras un bel avenir, inspire toi de La loi du rêveur de Pennac. des classiques, des modernes, lis avec un papier et ton crayon, et peut être bien encore avec un vieux Larousse !!!

Les livres sont les clefs de la liberté, de la sagesse,
du savoir, ne négliges pas non plus la poésie,
commence le plus rapidement possible.
Ne choisis pas, dévore, englouti, en mâchant bien
chaque lettre, chaque syllab, chaque mot.
Le temps séparera le superflus et tu reliras parfois
un ouvrage, que tu conseilleras à une autre
personne.
 Je n'en parle pas dans mon livre mais n'oublie pas
la musique, elle berce les phrases, repose les têtes,
t'emporte loin, te ramène, t'enchante, parfois le
rythme d'un morceau te donnes le tempo pour
rédiger quelques lignes, un quatrain pour dire à ta
compagne que tu l'aimes. La musique, classique,
moderne,[jazz, même si dans ma jeunesse l'époque
distinguait la grande musique(le classique) de la
variété (le jazz restait confidentiel et limité aux
spécialistes avertis, je devrais écrire Averty!!)]
rythmes actuels que je n'apprécie pas, même si de
temps à autre se glisse une perle ; ceux qui créent,
disent ne parlent le plus souvent que de casser, tuer,
détruire....J'espère qu'un jour ils trouveront les mots
qui parleront de construire, de fraternité, de douceur
sans produits nocifs.
Je n'arrive pas à me projeter dans un avenir à vingt,
trente ans et te dire que le monde ne demande qu'à

être parcouru, la curiosité dans une main, un instrument de musique dans l'autre.

Ainsi équipé tu seras bien accueillis, les notes sont universelles, parlent et disent les mêmes choses dans tous les pays ? Inutiles de connaître la langue d'un pays, la musique reste un art, un moyen universel de communiquer.
Tu peux tout aussi bien voyager avec le seul instrument qui n'encombrera pas tes sacs ou valises :   la voix.
 Tu auras peut être la chance d'avoir hérité d'une belle voix, venue de ton arrière grand-père, que je n'ai pas connu ; à cette époque je n'avais que deux ans.
Écoute, comprends, ne juge pas, sois bienveillant.

Avant de partir à la poursuite de mes ballons je t'offrirai un beau carnet pour noter tes rêves.

Je t'aime mon garçon.

Ton Papy

REMERCIEMENTS

A mon épouse qui me donnât de beaux enfants et me fit devenir Papy

A tous mes enfants

A mes petits enfants

A ceux qui me lurent

A mon camarade du XV à Senlis, ERIC

à ses conseils avisés et sincères.

A Madame CABANDE qui ordonnança ma

prose , et fit disparaître nombre d'horreurs.

Edition : Books on Demand,
12/14 rond-Point des Champs-Elysées, 75008 Paris
Impression : BoD - Books on Demand, Norderstedt, Allemagne
ISBN : 9782322202195
Dépôt légal : avril 2020